在所有的捷径中

我选择了最远的一条

骁枣

一 个 中 国 记 者 的 古 巴 见 闻 录

HURRICANE over SUGAR

刘骁骞 著

飓风掠过蔗田

北京联合出版公司
Beijing United Publishing Co.,Ltd.

序　言

这本书的诞生归功于一次夭折的约稿。

2016 年 12 月菲德尔·卡斯特罗去世的消息传来后，《三联生活周刊》联系我写一篇在哈瓦那的实地见闻。我欣然答应。

白天，我忙于采访拍摄，只能在候场的间歇和身心俱疲的夜晚记录一整天的经历。睡意比文章的结尾更早降临。然而天亮后，我又遭遇了更多的人和事，这让前一晚即将完笔的稿子衍生出新的章节。

相同的情形发生在接下来的每个晚上，犹如阿拉伯民间故事《一千零一夜》的剧情。我总怀疑哈瓦那就是那个美丽机智的山鲁佐德，千方百计地阻止我把文章结束掉。最终，当杂志的特刊已经截稿送印了，这篇约稿还没有写完。

几个月后，我终于将文稿完结。它成了书的第一章。

在我十余年的驻外生涯中，绝大多数选题和历险都是主动寻觅所获，古巴是一个例外。回顾前后九次奔赴古巴的采访，我坚信自己得到了新闻之神的眷顾。这个被时光冻结的国度在短短几年间发生了巨变，我如同亲眼见证一场来自佛罗里达海峡的飓风掠过蔗田遍布的岛屿，从起风前略显沉闷的平静，到气势汹涌地过境，再到消散。从此，历史的反复对我来说不再只是一种形而上学。

然而，这本书并非古巴之旅的叠加。无论从时间的纵深，还是理论的诠释上来看，古巴都是一个过于庞大复杂的观察对象，远远无法以它的面积作为参照。我试图记录的是当下的气氛和人的状态，如果没有这些，再重大的新闻事件都会被过滤成一个毫无表情的短句。

历史总是强迫记者在古巴的命题上选边站，这是不公平的。我始终认为，不存在绝对正确的一边，过度标榜的客观最终都会被证明是自我催眠。我唯一能够遵循的是内心的喜好和价值判断，它的局限决定了动机的单纯。

作为一个驻外记者的作品，这本书也无法摆脱多地辗转的命数。除了哈瓦那，我在福建、里约热内卢、芝加哥、加州写它，中途也曾多次中断。距离能创造有用的视角，虽然屏蔽了一部分细枝末节，却能构建出一种开阔的叙事。尤其当最后几个章节在美国完成，这似乎暗示了新的延续。

这是我的第二本书。记者这份职业为我的好奇心和莽撞提供了所有的借口，但我已经感觉到新闻报道写作对于文字创作的日常啃噬。每一次动笔都是一场战役。

现在，我把评判胜负的权力交给你。

目 录

第一章

卡斯特罗的葬礼

哈瓦那安静极了，夜里经过革命广场，仿佛一个普通的周末夜晚，什么都没有发生。

我乘坐的飞机是何塞·马蒂机场当天最晚抵达的航班。乘客中一半是记者，亢奋而又疲倦的神情泄露了身份；另一半是古巴人，座位上方几乎要崩开的行李架将他们出卖了。

邻座是一个皮肤黝黑的光头男子，看上去很壮实，却有一双细长的眼睛。"我的朋友都喊我中国人。"他眨了眨眼。我们闲聊了一会儿，但没说几句，就落到最关键的话题："是我老婆通知我的，半夜两点她打来电话，说菲德尔死了。"

爱德华多来自哈瓦那，在一家国营的船运公司上班。在过去的十个月里，他跟船去了圭亚那和哥伦比亚。在古巴，这是一个令人欣羡的职业，因为可以出国。接到电话时，他正在一个派对上。"菲德尔年纪很大了，而且疾病缠身，我们都很难过，但这并不会改变什么。"爱德华多的语气仿佛是在谈论自己的家人，一个年迈的长辈。

机窗外，哈瓦那的夜色逐渐浮现出来，爱德华多很自然地拿起刚刚出现信号的手机，在飞机降落前已经拨通了两个电话。

其实也不过十年前，几乎每隔一段时间，卡斯特罗①就会"去世"一次。生活在迈阿密"小哈瓦那"的古巴移民一定不会忘记，2006年当80岁高龄的卡斯特罗因胃出血接受手术的时候，每到周五，关于卡斯特罗去世的谣言就会在街区里蔓延开来。迈阿密长年是反对古巴政府的基地。卡斯特罗最终选择在一个平静的周五夜晚离开，但很难说他赶在了谣言之前，又或者已经被谣言放弃。

何塞·马蒂机场总是飘散着一股洗涤液的气味，行李传送带慢吞吞地吐出一个又一个巨大的黑箱，里面装的是各种直播设备。美联社的小伙儿无奈又自豪地说他们运来了四十个箱子。"今日俄罗斯"电视台的摄制团队则围成一圈，站在大厅的另一端。

我们都来得有些迟，在美国"主播女王"芭芭拉·沃尔特斯看来，或许晚了将近四十年。1977年，身材依然曼妙的芭芭拉受邀前往哈瓦那，通宵达旦地采访了51岁的菲德尔·卡斯特罗。然而这远远不是故事的高潮，卡斯特罗主动提出带摄制组游览哈瓦那以外的地区，给芭芭拉当地陪。

芭芭拉选择了吉隆滩和马埃斯特腊山，前者是1961年美国雇佣军反攻古巴的登陆点，后者是卡斯特罗打了三年游击战的革命根据地。于是，一个左翼的古巴革命领袖，领着一名美国

---

① 本书中"卡斯特罗"均指菲德尔·卡斯特罗，"劳尔"指劳尔·卡斯特罗。

女主播，驾驶着一辆俄罗斯制造的吉普车，向内陆进发。在吉隆滩，卡斯特罗邀请摄制组登上了一艘巡逻艇。"卡斯特罗说我们是 1961 年吉隆滩战役后第一批出现在那里的美国人。"芭芭拉回忆道。在通向马埃斯特腊山的崎岖路途中，卡斯特罗驾驶的吉普车一度与随行的安保人员拉开距离。芭芭拉说，当时卡斯特罗的腰间别着一把左轮手枪，而在她触手可及的仪表板上横挂着一把步枪。

我们永远不会知道这只不过是一个偶然出现的摄制花絮，又或者是一场失败的美人计，这段旅程最后以深山营地里的高级葡萄酒和古巴烤猪告终。

11 月的哈瓦那天气已经转凉，夜里的寒意很容易让人忘记身处加勒比海岛。开往市中心的路上空荡荡的，让我很不习惯。在我的印象中，古巴人犹如夜行动物，无论多晚，街上总有人在聊天或者漫无目标地闲逛。但此刻的哈瓦那仿佛是好莱坞的一个特意为拍摄而搭建的城市布景，没有人烟。就在几个小时前，古巴刚刚进入为期九天的全国哀悼期，但哈瓦那的沉寂似乎有其他含义。

我把最后一丝希望留给革命广场，那里矗立着古巴民族英雄何塞·马蒂的纪念碑，四周是各大政府机构，地位相当于天安门广场。然而当车缓缓开过革命广场时，除了降到一半的古巴国旗，完全找不到任何与卡斯特罗相关的信息。我摇下沾满雾气的车窗，只有切·格瓦拉闪着光的巨大头像和我对视。

🌀 🌀 🌀

在古巴，很难找到菲德尔·卡斯特罗的雕像和宣传画。在学校和政府机构的门口，你能看到大小不同的何塞·马蒂雕像，而明信片和纪念衫则印满了英俊的切·格瓦拉。消息灵通的古巴朋友告诉我，在 51 街的一个拐角有一张卡斯特罗的巨幅画像。第二天一大早，我就照着这条线索找寻过去。

宣传画坐落在 51 街和 26 大道的十字路口，三米多高的背板由卡斯特罗的五张照片组成。但我很快就发现它是几个月前卡斯特罗 90 岁生日的时候挂上去的，照片下面写着"菲德尔和我们在一起"。

这里是闹市区，街上的行人和车辆渐渐多了起来，旧得快要散架的老爷车发出巨大的噪声，仿佛一头力竭的耕牛。这些体积夸张的古董有固定的行车路线，是哈瓦那公交系统的补充。我在宣传画前站了一会儿，来来往往的人都没来得及抬头看一眼照片。

"当我在电视上得知总司令去世的消息时，眼睛瞬间湿润了。"卡洛斯说。他今年 34 岁，在一家国营公司上班。和他走在一起的女子一看见我们的摄像机，马上躲在一旁。对于这样的场景，我已经很习惯了。"一切都很平静，因为我们都知道总司令对这个国家意味着什么，我们对他充满了敬意。"卡洛斯微笑着和我告别，他正赶去买新鲜的面包。

古巴的明信片大多印着英俊的切·格瓦拉

卡斯特罗的宣传画

"人民非常平静，因为失去了一个伟大的领袖。大家心中都充满了悲伤。"埃米利奥说。他今年 61 岁，但看上去比实际年龄大，他说自己是一名数学老师，不过现在已经不教书了，但还没退休。在古巴，年龄并不是衡量退休与否的唯一标准。"没有人是完美的，但他做了非常多的好事。"

我走进宣传画对面一家贩卖蔬菜水果的铁皮棚，如此朴素的私营经济是在劳尔·卡斯特罗上台后逐渐发展起来的。一个男子守在一个西瓜摊旁，他穿着一件皱巴巴的背心，头发很短，却梳得光亮服帖。我问他是不是老板。"但愿我是！"他故意做出激动的样子。

他叫拉西尔，因为总要起早干活，所以周五晚上很早就睡了，直到第二天早上打开电视，才知道卡斯特罗去世了。"我老婆过了好一会儿才反应过来。"我问他为什么哈瓦那这么平静。"因为我们古巴人都有文化，都是有教养的人。"他说。我的第一个反应是他理解错了我的问题，但回头一想，他其实已经表达了自己的看法。

一个个西瓜呈椭圆形，有蕾丝般的白色花纹。几块切好的西瓜裹着保鲜膜，瓜皮很厚，西瓜子出奇地大，犹如黑痣。再往里是黄瓜，视觉上一片绿色，丝毫没有过渡。另一边的架子上有果汁，都装在二手的啤酒瓶里，瓶身贴着果汁厂的商标，但瓶颈上还留着"喜力"的竖条字样。菠萝全部塞在最高一层，仿佛铺上了安达卢西亚风格的黄色瓷砖。

其他几个伙计正忙着收钱，手上的古巴比索并不新，但却角对角地叠得很齐整。古巴实行双币制：一种是古巴比索，被当地华人称作"土比索"；另一种是可兑换比索，简称为CUC，相当于外汇券。1CUC相当于25"土比索"。在一些贩卖纪念品的摊位，狡猾的小贩有时会把"土比索"当成CUC找给外国游客。

陆续进来买菜的人看见摄像机，都闪到一旁。"他是一个伟人。"拉西尔试图寻找其他形容词，但很快就放弃了。他说自己很难过，但一说完就不好意思地笑了。

上午的光线越来越强烈，卡斯特罗的照片渐渐陷入背光的阴影中。最左边的那一张是卡斯特罗在一个警察局里拍的。那是1953年7月26日，卡斯特罗率领一百多名青年人企图攻打古巴东部城市圣地亚哥的蒙卡达兵营，但行动失败，反而被抓了起来。照片中的卡斯特罗有些婴儿肥，身后挂着何塞·马蒂的画像。

在古巴的历史课本中，攻打蒙卡达兵营标志着古巴革命的爆发。整整50年后，当卡斯特罗接受法国著名记者伊格纳西奥·拉莫内的采访时，他回忆说如果当年的行动胜利了，古巴革命反而无法成功。

另外四张照片里的卡斯特罗已经穿上了军装，这是他打游击时养成的习惯，除了在一些国际会议上穿西装外，其他场合他都以一身橄榄绿的形象出现，脚上是黑色的皮靴。当卡斯特罗退休后，就换上了一件蓝色的运动衣，之后基本上就没有换过。

正午的革命广场终于有了些动静，工人们正在广场中央搭建铁架，为接下来两天的悼念活动做准备，角落里堆放着大量的铁栏杆，水泥地上有一条条卡车轮胎留下的痕迹。巡逻的警察明显多了，零零散散的游客中能看到中国人。一个妈妈在帮十岁左右的儿子拍照。"退后一点，再往后退一点。"她用中文说。广场的东侧像往常一样停靠着一列色彩鲜艳的老爷车，供游客拍照乘坐。古巴政府显然没有做出特殊的指令，但今天的生意明显有些冷清。

我遇到来自西班牙的阿玛尔和她的丈夫费尔南多，他们前一天下午刚到哈瓦那，要在古巴旅行 15 天。出发当天的西班牙《国家报》印着大幅的黑白照片，年轻的卡斯特罗和战友们站在一辆吉普上，在民众的簇拥中驶入哈瓦那。拍摄时间是 1959 年1 月 8 日。

"我的朋友们都说，你们赶上了一个历史事件，一定要好好感受这趟旅行。可是我来了这里，发现一切都太平静了，似乎并没有什么特别之处。"阿玛尔似乎有些失望。费尔南多倒是比较兴奋，他打算明天和古巴人一起排队去瞻仰卡斯特罗的骨灰。

广场上有不少媒体，大家将镜头对准为数不多能拍的已经不知拍摄过多少遍的场景：国旗、纪念碑、外交部和通信部大楼。一批批在不同年代抵达哈瓦那的记者，被迫在相同的影像材料上赋予不同的报道台词。

一个相识的美联社记者拿着采访本从远处经过，我们对视了一眼，但并没有打招呼。她常驻哈瓦那多年，每次古巴政府召开记者会，总会给她保留一个提问机会。我的古巴摄像很快就和一个拍摄团队攀谈起来，每当看见一台陌生的拍摄器材，他总会忍不住上前摸一摸。

拍摄组正在为一个法国电视台拍纪录片，主题是关于古巴政府为生态保护所做的贡献，没想到碰到卡斯特罗去世，于是打算把这部分加进去。

"我们昨天在外省拍摄，那里更是一片安静，人们似乎非常淡漠。"收音师对我说，他是古巴人，"这实在太奇怪了，我也不知道为什么。"他的口气仿佛自己是局外人。

革命广场是古巴政府组织大型群众集会的地方，卡斯特罗常常会在这里演讲。每年的五一国际劳动节和7月26日的古巴革命纪念日，广场总是密密麻麻地站满了人。哈瓦那的盛夏酷暑难当，热得发晕的听众总是努力地挤进几根电线杆投下的细长黑影中。

卡斯特罗的去世是拉美地区最没有悬念的突发新闻，毕竟再英勇或者幸运的革命领袖，都会有终老的一天。全球的通讯社、报社和电视台早已未雨绸缪，据说《纽约时报》在十几年前就把卡斯特罗的悼文写好了，只不过每隔几年，都得拿出来更新一下，掸去纸上的灰尘。

我虽然不是常驻哈瓦那的记者，但古巴一直是我的报道地区。每当想到这一刻存在于时间轴上，随时可能解冻，我的心中都有一丝紧张，有时甚至会变成恐惧，像是近距离地盯着一根针，越仔细看，它就会被无限放大。我既希望能够赶上这一场报道，又希望能够完全错过：那时我不做记者了，打开新一天的报纸，看到这条新闻，但已经与我无关。

我经常忍不住在心中设想这一刻发生时的情景，但都和最终的结局相去甚远。11月25日，我刚休完年假从北京飞回巴西，由于时差的关系，下午2点多钟我就困得睡着了。梦中看见一只鸽子，它在我面前站了一会儿，然后就飞走了。醒来的时候刚过午夜，我琢磨了一下梦的含义，心想也许有人要离去。

睡意全无的我坐在客厅上网，大概一个多小时后，手机屏幕里就跳出了新闻推送。我仔细地确认了好多遍后，突然有一种莫名的怅然。新闻频道马上和我做了电话连线，在下一档连线开始前，我顺手在网上买好了几个小时后飞往哈瓦那的机票。我不但没有错过它，而且和它撞了个正着。

《纽约时报》的悼文最后是这么写的：

菲德尔·卡斯特罗——狂热的革命倡导者，在1959年将冷战带到西半球，并作为古巴最高领导人与美国对抗将近半个世纪，折磨了十一任美国总统，短暂地将世界推向导弹战争的边缘——于本周五去世。终年九十岁。

🌀 🌀 🌀

28号上午9点，无论身处哈瓦那城的哪一个角落，都能清楚地听见悼念卡斯特罗的礼炮声。"你看我一手臂的鸡皮疙瘩都起来了。"克里斯蒂娜说，她今年68岁，在同父异母的姐姐开的民宿里帮忙。我们在狭小的客厅收看古巴电视台直播鸣放礼炮的仪式，每听见一响礼炮，她就用手摁着胸口说："我的心啊！"

古巴革命胜利的那一年，克里斯蒂娜还只是个11岁的小女孩。"对于我们古巴人来说，这是一个非常沉重的打击。总司令是一个伟大的人。"她发自内心地说。我问她古巴的年轻人是否也有同感。"现在的年轻人成天只想着玩乐。"克里斯蒂娜摆出一个跳舞的姿势。

礼炮共21响，哈瓦那和圣地亚哥同时鸣发，后者位于岛屿的东部，是古巴的"延安"。电视直播画面上是莫罗城堡，士兵们一身军绿色，腰带和手套是刺眼的白色。从炮台上能够俯瞰哈瓦那的老城区，一个白色圆顶从灰蒙蒙的楼群中冒出来，那是"国会大厦"，20世纪20年代时仿照华盛顿的国会山而建，1959年古巴革命胜利后被改为古巴科学院。在我的记忆中，它似乎一直处于重修的状态。

炮声穿过厚实的电视机身，似乎比屋外的炮声晚了几拍，一时间全混杂在一起，克里斯蒂娜已经数不过来。终于，两边的炮声都停息了，虽然每隔一个小时，还会鸣放一发，直至国悼期结束。

直播镜头转向革命广场，何塞·马蒂纪念碑的东西两侧出现两条细长的队伍，分别沿着斜坡向下延伸，最后消失在广场边上的树荫里。阳光强烈，不少人撑着伞。炮声结束后，队伍开始匀速移动，仿佛有人把一个沙漏倒放过来。也许是因为列队的方式，革命广场显得极其空旷。

排在队伍最前面的人已经陆续走过卡斯特罗的灵位，遗像是一张黑白全身像，正值壮年的卡斯特罗身着游击队员的服装，背着行军囊和步枪，侧身站立在山岗上，目视远方。这张照片和传统观念中的遗像有很大的区别，但毫无疑问的是，卡斯特罗亲自挑选了这张照片，他不止一次说过，在马埃斯特腊山的岁月是"人生中最快乐的时光"。卡斯特罗希望以这样的形象留存在世人的记忆中。

在我的印象中，卡斯特罗还在同一个位置拍过另一张照片，穿着不变，但他直视镜头，而且戴着一副伍迪·艾伦式的黑框眼镜。卡斯特罗从年少时就患上近视，但他极少在公开场合戴眼镜，除了在马埃斯特腊山和吉隆滩战役期间。据说在瞄准射击时，他习惯将两只眼睛都眯着。

一米多高的遗像前有一块黑色的绒布，上面放着二十几枚卡斯特罗的勋章，再往前是一大簇白色的鲜花，有玫瑰、菊花和满天星。灵位的背景是紫色的幕布，四个身着白色军服的士兵守卫在周围，一束光打下来，让灵位外的一切都退入暗处。

　　每个前来悼念的人只有几秒的时间，人们匆匆扫了一眼，然后就得离开。很多人似乎和我一样对仪式的简单感到惊讶，不但没有传说的签名仪式，甚至连骨灰盒都没有看见。英国广播公司甚至发表了一篇名为《卡斯特罗的骨灰在哪里？》的图文报道。一直到当天晚上，古巴电视台才宣布卡斯特罗的骨灰被暂时放在古巴革命武装部的格拉玛厅，那里有一个更简单的灵位。

　　悼念队伍的移动速度渐渐变快了，何塞·马蒂的脚下缠绕着好几条由人组成的曲线。

为悼念活动做准备的革命广场

等待向卡斯特罗告别的古巴民众在烈日下排起长龙

前来报道卡斯特罗葬礼的外国记者挤满了国际媒体中心

我并不急着赶去革命广场，因为必须先办理临时记者证。古巴外交部的国际媒体中心位于23街和O街的拐角，距离我住的旅店只有600多米，但需要爬上一个坡度不小的斜坡。如果在夏天，需要汗流浃背地走上六七分钟，但到了黄昏，路边总会出现一张折叠木桌，几个本地人围坐在一起玩多米诺骨牌。

　　国际媒体中心是一栋普通的二层楼房，对外开放的是第一层的办公区和地下一层的卫生间，我从来没有上过二楼。和我预想的一样，国际媒体中心一片混乱，焦急等待的记者已经挤到了入口处的台阶上。

　　按照古巴外交部的规定，凡是前往古巴进行新闻报道的人员都必须申请记者签证，即使已经拥有旅游签证或者属于免签的类别，正常情况下需要两周的时间。

　　除了提早对外公布的奥巴马访问古巴的日程外，大多数关于古巴的重磅消息总是来得很突然，让人措手不及。所以很多外国记者都先在机场花上二十多美元购买一张旅游签证，等过了古巴海关后，再来这里补办记者签证。

　　门边的一张木桌相当于传达室，一个黝黑干瘦的中年女子守在那里，桌上有一部座机电话，旁边放着一台老式的风扇，座位边的墙壁上贴着一张卡斯特罗的照片，但只有扑克牌大小。在一年中的大部分时间里，她的工作都是非常清闲的，每当我在哈瓦那的"报道淡季"来这里办证时，总会看见她无所事事地呆坐在电风扇发出的轰鸣声中。

在了解我的需求后，她就会不紧不慢地向几米之遥的一间办公室打电话。

据说2006年卡斯特罗因肠胃出血接受手术的时候，古巴海关曾经拒绝外国记者入境，但十年后的古巴显然更加沉稳，一股脑儿地把蜂拥而至的外国记者都放了进来。这可让闲适惯了的女门卫陷入手忙脚乱之中，陆续抵达的记者一圈又一圈地将桌子围了起来，她的眼神充满了惊恐和无助。

申请人需要填写一份表格，附上两张证件照，然后再送进办公室。然而很多人在等待了几个小时后连空白的表格都没领到，每当有人从办公室走出来时，大家就二话不说地堵上去。后来，古方不得不在办公室外的走廊上拉了一条线，所有访客一律不许越过。

有人抱怨说，他从早上7点就来了，这时旁边立刻有人接话，说他们前一天早上就来了。眼看过了中午12点，办公室走出一个穿着瓜亚维拉衫的男子，他朝人群高声喊道："请耐心等待，我们一定会给所有人办上证。"大家听完这番话，反而更加绝望了。

我早已做好打持久战的准备，即使在不需要排队的情况下，办一张证有时也需要一个多小时。我经历过最惊心动魄的一次是在奥巴马访古的时候，我很早就到了，排在队伍的第五位，虽然现场有三组办证人员同时开工，但我还是等到了上午11点才拿到证件。

几个法国电视台的记者把摄像机和三脚架往角落里一搁，径直走到街上抽烟。我从书包里抽出笔记本电脑，坐在沙发上写稿，但电源很快就用尽了。

沿街的树木从早晨时青翠的绿色变成刺眼的明黄色，然而随着正午的远去，又慢慢地退回了绿色。太阳西斜，人行道上开始显现出楼房的轮廓。

下午5点多，大厅里有人喊我的名字。我循声而去，发现是国际媒体中心一个相熟的工作人员，她微胖，一头齐耳的鬈发。"你的照片呢？我们找不到你的照片。"她有些着急。我突然意识到自己从巴西出发得太匆忙，完全不记得带证件照。

"我不管你从哪里抠下来，只要给我照片就行。"说完，她又风风火火地赶回办公室。

我从手机里找出证件照的电子版，和同事一路小跑着去下一个街角的国营照相馆。营业时间即将结束，穿着灰色制服的柜台员工正准备下班，但谁也找不到那条连接打印机的数据线。最后我们决定现拍一张照片。

从照相馆出来的时候天边铺满红霞，路灯已经亮起来。我们穿过铺着厚实沥青的马路，走进脚步轻快的人潮中。一阵海风沿着23街往上吹，似乎让一整天的喧嚣都安静了下来。

国悼期哈瓦那超市的酒柜

🌀 🌀 🌀

29 号一大早，古巴的当地摄像埃里克就开车来接我，那是一辆旧得快要散架的白色拉达，安全带都断了，经常开到一半，副驾驶座的车门就会自动打开，让我有一种悬空在马路上的错觉。几个月前，这辆命运多舛的车又发生了追尾，前部凹进去一大块。

革命广场附近的路都封了，我们于是绕到哥伦布公墓附近，但每一条通向巴赛奥大道的岔口都被警察拦住，我们便把车停靠在 2 街，扛着拍摄器材徒步前往革命广场。

沿着这条不在计划中的路线，最先出现在我们眼前的是悼念队伍的末端。虽然不时有人接上去，但队伍正在变短。越往前走，队伍才变得粗壮起来，乌泱泱的人流两侧架着齐胸高的铁栏杆。虽然没有放假，但单位和学校都组织前来。平日里眉飞色舞的古巴人一脸凝重，没有人流泪，但也没有人聊天，大家只是沉默地把目光投向不同的方向，这也许是古巴人表达悲伤的方式。

队伍中有身穿贴身棕黄色校服的中学生和军装打扮的年轻人，大部分人穿着清凉的日常便服就来了，在衣服颜色上也没有任何顾忌，水红色、荧光绿、鲜艳的黄色。游客打扮的外国人一眼就可以看出，他们戴着巴拿马草帽或者印有红星的军绿色贝雷帽，多半是前几天在老城区淘来的。

只有零星几个人手持花和海报，他们是过往的摄影师追逐的对象，一个身材中等的黑人中年男子捏着一小簇三角梅，估计是在路边摘的。我小时候常在祖父的花圃里看见这种花卉，但一直到了东印度群岛，我才领略到它的茂盛和疯狂，常常像大河上的瀑布一般从围墙内倾泻而出。

几米外的人群中突然冒出一把鲜花，黄色和粉色的剑兰花高高竖立着，中间是红色的玫瑰和蔷薇，角落里有紫色和白色的雏菊，一张透明的塑料包装纸将它们扎起来。这把无论是配色和还是造型都略显艳俗的花束让我联想起六一儿童节会演上被重复使用的献花道具，然而此时此刻，我却心生感动，这似乎是我第一次在这个物资匮乏的岛国看见成束的鲜花。

他叫埃尔多，一个棕皮肤的中年男子，个头很矮，仿佛整个人都藏在花束里。他戴着一副玳瑁眼镜，左脸的法令纹上有一颗肉痣，紧锁的眉头出现深浅不一的沟壑，分不清是因为难过，还是因为阳光太刺眼。

"我一大早就出去买花了，走了好几个地方才买到。"他说。我在脑海里飞快地搜索了一遍，但实在想不出在哪里见到过花店，也许他是在星级酒店里买的。长期在古巴工作的外国人总会驾轻就熟地去酒店大堂的商店里购买进口的洗发水，口味纯正的奶油蛋糕以及其他在古巴以外的地方伸手可得的物资。这些商品是为拿美元的外国人准备的。

我想问埃尔多这束花的价格，他一个月能挣多少钱，但内心的不安让我迟疑了。当我终于找到适合的语气时，队伍又移动起来，向前涌动的人群把我的问题冲散了。

"他是伟大的总司令，我们的父亲和导师。菲德尔指引着我们，是他维护了古巴人民的尊严。"埃尔多一边走一边说，摄像机的镜头也摇摇晃晃。

我相信卡斯特罗对于埃尔多有着更深刻，也更具体的影响，也许借助着古巴革命的浪潮，埃尔多的家庭摆脱贫农身份，来到哈瓦那生活。这束鲜花必定有更多的含义，只不过他并不愿意向一个擦肩而过的外国记者敞开心扉，何况这还有可能给他带来麻烦。如今，古巴人在表达对卡斯特罗的崇拜时也越来越谨慎，使用那些既成事实的形容词是最安全的。

有人手里拽着马扎，但没有机会用上，因为队伍从未完全停滞过。

一个身穿卡其色军装的男孩吸引了我的注意，他看上去只有十五六岁，头发修剪得短而整齐，在烈日下站得笔直，有着坚定的目光。他叫埃米略，来自哈瓦那以东的马坦萨斯省，袖章上印着"EMCC"，是卡米洛·西恩富戈斯军事学校的西班牙语缩写。

古巴政府一直以来都非常重视为军队培养预备人才。1966年，第一所卡米洛·西恩富戈斯军事学校在马坦萨斯省建立，学校招收年龄在 11 岁到 17 岁之间的青少年，不限性别。学制为五年，除了普通的文化课程外，学生们需要学习包括战术制定，使用轻型武器在内的军事课程。到了 20 世纪 80 年代，卡米洛·西恩富戈斯军事学校已经遍及全国，分别由当地的军队分支管辖。

"来这里悼念菲德尔对我们来说非常痛苦。"埃米略说，"作为一个年轻的革命者，这不仅是义务，也是一种荣誉，是我生命中一件重要的事情。"

虽然没有明文规定，但据说卡米洛·西恩富戈斯军事学校的毕业生比普通人有更多机会获得古巴革命武装力量部的培养。我想象着多年以后，已经年长且官职在身的埃米略向刚入伍的年轻士兵们讲述他在革命广场排队悼念革命领袖的经历。

不少人把孩子也带来了，他们都偎依在父母的身影中。

"你觉得有一天他会忘记卡斯特罗吗？"我问帕克，他个头很高，戴着一顶鸭舌帽，身边是他的儿子，六七岁的样子。"我相信他一定会记得菲尔德。"帕克笑着说。"菲德尔给古巴带来了体育的传统，他兴建了很多学校，推动体育和文化的传播，而且鼓励艺术创作。"

终于，悼念的队伍中出现了卡斯特罗的画像，那是一张带有丝丝泛白的海报，也许是从客厅的墙上撕下来的。画像中的卡斯特罗将近 70 岁，依旧穿着橄榄色军装，虽然胡须已白，但神采奕奕。画像下方的空白区域用黑色水笔写着几行字：

司令，我们将永远追随你。

自由的古巴万岁。

我们将永远记得你。

直到永远的胜利。

菲德尔

　　每行字的字体和笔迹都略有不同，可见是由几个人一起写成的，为了誊写整齐，他们还用铅笔描出一道道浅浅的直线。

　　我盯着"直到永远的胜利"看了好久，这句话在古巴的地位相当于美国人的"上帝与美利坚同在"，它是各种公开讲演的结束语。然而这句话并非来自卡斯特罗，而是出自切·格瓦拉的一封信。

　　1965 年，切·格瓦拉因为与卡斯特罗政见不同，决定离开古巴，前往刚果（金）支持当地的游击活动。临行前，他给卡斯特罗写了一封告别信，要求辞去古巴政府和党内的所有职务，并说"世界其他地方召唤我去贡献微薄的努力"。切·格瓦拉在信的结尾处写道："直到永远的胜利，祖国或者死亡。"

　　卡斯特罗在同年古巴共产党成立大会上宣读了这封信，然而当念到结尾时，他删去了"祖国或者死亡"。据说远在非洲的切·格瓦拉知道后非常惊讶。无论如何，这句话就这样流传了下来。直到半个世纪后，它反过来被用来告别卡斯特罗。

　　古巴当地时间 2016 年 11 月 25 日晚上，在离午夜还剩 7 分钟的时候，一身军装的劳尔出现在电视屏幕上，宣布卡斯特罗在当晚的 22 点 29 分去世。劳尔表示根据兄长的遗愿，遗体将被火化。最后，劳尔说："直到永远的胜利！"

一篇报道称古巴政府禁止在国悼期举行一切娱乐活动，连婚礼也必须取消。我在哈瓦那问了一圈人，都称没听过不让结婚的说法，多半是新人们自己觉得不妥，就延后几天，或者低调地结了。

总体来看，国悼期最明显的区别可能只有禁酒的法令。在商店里，放有朗姆酒和水果酒的柜台都被严实地封上了一层黑色的塑料纸，国营咖啡馆也停止出售酒精饮料。然而我渐渐察觉，禁酒的规定也有各种各样的例外。有的较为封闭的私营餐厅正常售酒；如果是露天餐厅，可以在点一份菜肴后要一杯葡萄酒，但不能点鸡尾酒。

不止一个餐厅伙计对我说，国宾馆的露天酒吧不受禁酒令的影响，我将信将疑地去了。果然，各种酒精饮料应有尽有，穿着黑色制服的服务员端着盛满酒杯的托盘穿梭在雪茄烟和海洋潮气混杂在一起的白雾中，像是话剧舞台上不时晃过的黑影。我非常讶异，因为国宾馆在古巴的地位相当于北京的钓鱼台，这里本该是禁酒令最为严格的地方，但却犹如汪洋中的一块礁石，偶然避开了飓风的侵袭。

虽然是游击队员出身，卡斯特罗却对于请客吃饭持有温和的态度。国家物资紧缺，但他常常在革命宫设宴，装饰有奇花异草的一楼大厅能够容纳上千人，有鲜美的牛肉和鱼，刚刚钓上来的龙虾，佐以年份厚实的古巴朗姆酒和顶级的苏格兰威士忌。大快朵颐的贵宾们包括各国元首、外交使节、作家、电影明星。拉美文豪马尔克斯就是卡斯特罗的常客。

依然靠粮票生活的古巴人似乎从未对卡斯特罗的热情好客产生异议，而这样的盛大宴会也是有节制的，并没有到达歌舞升平的地步，现场秩序井然，很少出现烂醉的情形。愉快的夜晚一般很早就结束了，宾客们满意地回到国宾馆铺有钢青色绵软地毯的房间。

带着一上午的采访素材，我前往哈瓦那记者站的办公室，它位于米拉玛尔区的一栋商务写字楼里。大堂里摆出一张长方形的木桌，桌面铺着一块带有暗纹的墨绿色桌布，上头放着两个签名本。桌子后面立着两个巨大的画框，其中一幅是卡斯特罗的遗像。我心想这应该就是原本将在革命广场举行的签名仪式，现在分散到各个单位和街道居委会。

A4纸大小的本子上已经累积了不少签名，左边的本子是给在楼里工作的古巴人准备的，右边是给外国人。我匆忙签了名，赶着最后一秒冲进了即将关闭的电梯。

等到准备离开办公室时，我才意识到自己其实并没弄清签名的目的。经过写字楼大堂时，我仔细阅读了另一幅画框上密密麻麻的字。第一段很短，上面写着：

2000 年 3 月 1 日，我们的总司令卡斯特罗说过……

我一头雾水，紧接着是一大段关于革命的定义："革命是感觉到一个历史时刻。""革命是改变一切需要被改变的东西。""革命是独立。"……一连用了 14 个排比句，看得我气喘吁吁。终于到最后一句："因此，我们宣誓将继续斗争。"原来，我签的是一份宣誓书。

卡斯特罗离开了，古巴人和生活在古巴的外国人还要继续斗争。

🌀 🌀 🌀

追悼大会在 30 日晚上举行，这也是卡斯特罗的骨灰在哈瓦那停留的最后一晚。隔天一早，覆盖着古巴国旗的骨灰坛将沿着 1959 年卡斯特罗进军哈瓦那的路线反向而行，一路向东，途经古巴 15 个省中的 13 个省，最后抵达东部的圣地亚哥，埋葬在何塞·马蒂陵园。

摆放在大堂悼念卡斯特罗的纪念册

"直到永远的胜利"

几乎可以断定，这是卡斯特罗的遗愿，我很喜欢这个浪漫的、颇有东方色彩的意象。死亡是回归之路。

我们赶往举办追悼大会的革命广场，天光将尽，空气中飘散着青雾，一群群面目模糊的行人散落在通往广场的宽阔大路上，像是深蓝海面上此起彼伏的暗涌，也像是归巢的群鸟。我们的车犹如盲人一般在渐渐拥挤起来的人群中摸索前行，似乎花了一个世纪的时间，才终于开到了古巴国家剧院的露天停车场。

国家剧场是一栋外形颇像手风琴的混凝土建筑，它竣工于古巴革命胜利之后的 1959 年 8 月，这使它跻身古巴最杰出的建筑之列。剧场的大堂被临时改造成媒体中心，虽然只有一把把椅子，但安装了无线网络，这足以吸引各路记者来这里落脚。被晒得一脸绯红的摄影记者坐在地上整理镜头，贪婪地在手机屏幕上刷着岛外的新闻。然而全世界都围坐在篝火边谈论着古巴，那些无法亲自来哈瓦那的记者、主编、评论员一遍又一遍地在冥想中搭建着卡斯特罗的宏大葬礼，而我们身处风眼，观赏着一片被微风拂过的辽阔平原，而且预感连最后一丝风都要停息了。

因为来得有些晚，媒体中心已经把大部队送进主席台两侧的拍摄区。虽然已经有一组配有拍摄设备的同事在前方，但另一台增援的摄像机却在我们手中。我们试着给同事打电话，但号码刚拨出，信号就被现场一百万人的呼吸给蒸发了。眼看追悼会再过半个小时就将开始，我们决定直接把机器送进去。

黑夜中的革命广场散发着一股焦油的气味，黑压压的人群让距离的判断出现误差，被聚光灯打亮的何塞·马蒂雕像成为唯一的坐标。我们先是在远处张望，寻找直线距离最短的一处，如同准备突围的士兵，然而一扎进去，就发觉自己面对的是整道围城中最严实的一段。人们肩挨着肩，密不透风，我们不得不一次又一次地轻拍他们的后背，被打扰的神情都是相似的，疑惑中略带嗔怒，但当察觉出我们是外国记者后，对方就会让出仅有的一步，然后我们再重复前一个动作，如同用一把生锈的剪刀去裁剪一块厚麻布，缓慢艰难地向前移动。我想起那些一步一磕头，跋涉千里的朝圣者。

何塞·马蒂雕像如同海市蜃楼般或近或远，我不自觉地回头看，斟酌着后退的可能，然而来时的路早已消失，每向前一步，身后的人群就像是相互碰撞的水银球融合在一起。

终于，我们来到人墙的最前端，这里架着齐胸高的铁栏杆，维持秩序的年轻警卫一脸无辜地倾听我们诉求。

"你们应该从那里进去。"他随手一指。

现场音乐轰鸣，我怀疑他是否真的听清楚了，于是又扯着嗓子解释了一遍。

"没错，就是从那里进。"他说。

我顺着他手指的方向望去，那是同一圈栏杆的另一个位置，人群紧贴栏杆，和我们此刻所处的位置毫无区别。

被我们挤在一旁的古巴人开始轻微地抱怨，我们羞愧极了，只好央求紧贴在栏杆上的人为我们让出一点空间，一步步地向左侧移动。

为了抢到栏杆边上的位置，这些人估计一下午都守在这里。有的人把零食和水瓶装在塑料袋里，然后绑在栏杆上；也有人带了一大包行李，或许来自其他城市，天亮后就要乘坐长途大巴回家。

从主席台传来的一道道灯光时不时从他们身上划过，不少人穿着白大褂，看上去很年轻，应该是医学院的学生。卡斯特罗很重视医疗，向友好的邦交国家输送医疗人员是古巴外交政策重要的一部分，虽然有的国家时常抱怨古巴医生的临床经验太少，反而治不好一些普通的疾病。

其他人看样子都是普通工人，他们衣着朴素，搭在栏杆上的手布满纹路，也有很多黑人。古巴人友好极了，很主动地为我们让路，如果有人没反应过来，其他人就会拍拍手，高声喊道："嘿，那边的人让一让，让这两个中国人过去。"

只有零星几个人转过头瞪我们一眼，仿佛担心我们夺取他们的战利品。

走到半路，广场上突然响起了古巴国歌《巴亚莫之歌》。这首战地歌曲诞生于 19 世纪中叶的古巴反殖民时期，当 1902 年古巴独立时，它被选为古巴国歌，古巴革命胜利后，卡斯特罗将它保留为国歌。旁边的古巴人示意我们停下来，等歌曲结束后才可以移动。于是，在"勇敢的人们，冲啊！"的歌词声中，我们像两尊铜像，凝结在时空里。

当我们终于大汗淋漓地抵达所谓的"入口"时，陌生的守卫又围了上来。"这里不能进。"他们摇摇手。如我所料，警卫告诉我们，通往媒体区的入口是我们最早抵达的那一个地方。

"警卫先生，我们刚从那里过来，执勤的人说必须从这里进。"我说。

警卫沉默了片刻，拿出对讲机，向他的同事咨询起来。过了一会儿，他走回栏杆边。

"要不你们再往前走一段？那里应该可以进。"警卫说，"那里一定可以进。"他似乎在给自己打气。

然而，我并不想要在若干年后回忆起卡斯特罗的追悼会时，只记得汗味、油腻皮肤的触感和喘不过气的尴尬。我们最终决定从人群中撤出，回到广场边上的国家剧场。

往外走的过程要轻松许多，人群如同一件脱线的毛衣越拉越松，我渐渐感受到脚底柔软的草地，空气变得清凉起来。

我不小心踩到一只手，随即听到一声惊叫，原来是几个年轻人正懒洋洋地坐在地上聊天。

拉美各国的元首几乎都来了，卡斯特罗的"干儿子"马杜罗穿着类似中山装的黑色外服，有着"表姐气息"的委内瑞拉女外交部部长跟在旁边；莫拉莱斯穿着白色的短袖衬衫，黑色的长裤底下露出一截灰色的袜子；被外界盛传为劳尔接班人的卡内尔穿着白色的瓜亚贝拉衫，神似好莱坞明星理查·基尔的他是古巴国务委员会第一副主席。劳尔依旧穿着橄榄绿的军装，戴着军帽，他只要一起身，旁边就立刻蹿出一个高大威猛的年轻男子，这名保镖也叫劳尔·卡斯特罗。很少有人知道，他其实是劳尔的孙子。

美国白宫没有派人出席，但发布了声明：历史会记住和评价卡斯特罗对世界的深刻影响。

元首和特使们的发言顺序按国家的英文首字母排列，各国语言回荡在革命广场的上空，像是把一团团音符揉成球状抛向空中。

美国各大电视台都把知名主播送来哈瓦那做特别节目，他们的临时直播连线点搭建在革命广场西侧的角落，三个白色的小棚紧挨着，灯光强烈，如同点火后即将起飞的热气球。不过他们的确一做完节目，就会飞回美国。好奇的古巴人流连在棚外，胆子大的会招招手，幻想着移居迈阿密的亲戚能够在直播中看见他们。

突然，人群中出现一阵喧哗，我条件反射地以为是斗殴或者临时爆发的小规模游行，但不过是虚惊一场：有人晕倒了，随处可见的医务志愿者用担架将他抬走了。

纤瘦匀称的古巴青年在广场边上闲逛说笑，他们都在家精心打扮过，仿佛要参加一场露天的音乐节。

我想起在南方沿海的老家，年过八十的老人去世后，都会在家里停灵多日，家人摆出流水宴席，款待前来吊丧的宾客。

这样的悠长葬礼被称为"喜丧"。我小时候参加过不少这样的宴席，通宵达旦，非常热闹，逝者的亲人晚辈们似乎并不悲伤。

卡斯特罗完全符合"喜丧"的标准：高寿，全终，"则以死者之福寿兼备为可喜也"。来自幼时的记忆，竟然轻而易举地消解了我积累数日的疑惑。

然而我很快陷入另一种失落中，一种识破真相后的怅然。这种无法言喻的感觉只有 1969 年佩吉·李的老歌《也只不过如此？》描述得最为到位。

> 当我十二岁的时候，爸爸带我去一个马戏团，它有世界上最精彩的表演。
> 有小丑、大象和会跳舞的熊。
> 一个穿着粉色紧身衣的美丽女士高高地飞过我们的头顶。
> 我坐在那里观赏着这场盛大的演出，
> 觉得有什么东西遗失了。
> 我不知道是什么，而当表演结束时，
> 我对自己说："马戏团也只不过如此嘛！"

终于，宾客们发言完毕，轮到劳尔上场，然而劳尔也已经是一个疲惫的老人。

追悼大会的结尾是一段卡斯特罗的纪念短片，不足一分钟，从他年轻时的样子，到中年，最后两鬓花白。坐在媒体中心的古巴外交部官员微笑地看完这个片子，那是一种欣慰的、怀念的微笑，在我脑海中留下深刻的印象。

人群散去的速度犹如风中的沙丘，刚才还让我们寸步难行的地方转眼间变得开阔起来，大家都在往外走，犹如散场后的电影院。再过几小时，革命广场上就只有切·格瓦拉和西恩富戈斯的硕大闪亮头像，卡斯特罗的骨灰在广场东侧的革武部大楼里。

1959年，与切·格瓦拉、卡斯特罗一道被称为"古巴革命三大司令"的卡米洛·西恩富戈斯在从卡马圭返回哈瓦那的夜航中失踪，尸骨至今未被发现；1967年切·格瓦拉在玻利维亚组织游击活动时遇害。今夜，这三位失散而又重逢的战友会聊些什么呢？

我们收拾好拍摄设备，慢悠悠地走向停车场。花坛边上，三个警卫并排蹲坐着吃统一分发的盒饭，主食是豆饭，搭配几块猪肉。这几个人告诉我，晚班从下午5点开始，一直到夜里11点。

听见漆黑夜色中他们清脆的聊天声，我从来没有感到这么安心过。

第二章　以海明威为名

我第一次拜访古巴是 2013 年 9 月的第一个礼拜。这是一年中最不适合来古巴的时候，天气酷热难耐，整个岛屿仿佛被架在一个热气腾腾的蒸盘上，学校和单位也都还没有从慵懒的假期中缓过劲来。我从正值冬季的圣保罗出发，乘坐古巴航空每周一班的直飞航班抵达哈瓦那。

　　然而这并不是我第一次来加勒比地区，我已经去过两次牙买加，还从首都金斯敦一路驱车环岛至蒙特哥贝。这个前英属殖民地的狭小和蛮荒给我带来过梦魇，而这也自动转化为我对加勒比的印象。

　　直到有一天，我在古巴驻圣保罗总领馆的浅红色二层洋房里看见一张古巴地图。那是一张颇有手绘风格的地图，漫长而曲折的海岸线描绘出一个纤细优雅的轮廓，像是芭蕾舞演员缓缓抬起的手臂。相比之下，地图右下角的牙买加仿佛一小块未经加工的粗糙原石。

　　古巴航空被评为全球十大危险航空公司之首，曾经发生过至少九起空难。这家国有公司使用的都是造型粗犷的俄制客机，由于美国的经济制裁，飞机的零部件无法及时供给，日常保养很成问题，据说这是空难频发的原因。

公司"名声"在外，敢于搭乘古航的外国旅客自然不多，票价也被拉低至正常价格的三分之一。然而这并不是我选择古航的原因，我急于在踏上古巴国土前就开始感受这个西半球唯一的社会主义国家，而不用转机的便捷更是"蛋糕上的樱桃"。

然而将近九小时的航班非常顺畅，除了机上提供的餐点过于粗糙简单外，并没有想象中的特殊，甚至连机组成员无法控制的气流颠簸也很少出现。唯一给我留下深刻印象的只有乘客的数量，这架型号为"图-204"的中程客机能够容纳158人，但实际乘机人数只有70多人。

乘客们纷纷把座位两边的扶手抬起来，横卧着睡起觉来。等到即将着陆时，遮光板被一扇扇拉起，整架飞机犹如一个空旷的剧场。

这条航线只存在了不到两年的时间，它于2015年2月无限期停飞了。

初来古巴的外国人总有一种恬不知耻的错觉，认为自己的所见所闻均是独一无二的，仿佛自己是创世以来第一次将其发现的人。何塞·马蒂机场的女海关人员身穿军绿色制服，但紧身短裙下却配上花纹复杂、争奇斗艳的黑色网袜，仿佛有一场激烈的较量。我暗自得意地记下这个细节。

常驻哈瓦那的同事来机场接我，还没等我完全适应灼目的加勒比阳光，就听她开口说："你注意到那些夸张的网袜了吧？"

原来，每一个初来乍到的记者都会兴致勃勃地向她诉说自己的这一发现。

古巴是一个封闭，但从未被停止观察和描述的国家，它和朝鲜不同，即使在美古关系最为紧张的 20 世纪 60 年代，外国记者依然被允许进入古巴，其中包括一定数量的美国记者。

世界各地的报纸头条每隔一段时间就会出现独家采访卡斯特罗的长篇报道，记者称自己是唯一能和卡斯特罗促膝长谈的人，直至几个礼拜后，卡斯特罗又和另一家通讯社的特派员聊到天明。

壮年和中年时期的卡斯特罗非常热衷接受访谈，面对面的对话常常能够持续数小时。但有趣的是，无论在哪一个时期，他的回答总是详尽而又极其雷同的，让提问显得无关紧要。即使到了 2005 年，当年近 80 岁的卡斯特罗回忆起攻打蒙卡达兵营或者马埃斯特腊山游击岁月时，所有的细节和他在半个世纪前所描述的几乎一字不差，没有任何一个章节因为脑细胞的衰老而变得模糊。

这倒不能归咎于他的政治家身份。阿根廷文豪博尔赫斯的每一次访谈回答也都很雷同，导致我总以为自己买重了书，时不时需要翻回封面确认一番。

然而对于一些懒惰的历史学家来说，这或许是一个福音。只要读过一篇卡斯特罗的访谈录，就能一劳永逸地掌握这位革命领袖的所思所想。

　　车窗外是哈瓦那空旷的郊区，空气中飞扬着琥珀色的薄尘，几栋废弃的平房孤零零地竖立在田野中。公路边架着巨型的反美宣传画，面目狰狞的山姆大叔穿着不合身的蓝色西装。有人想搭顺路车，手里捏着钱，向我们招手。

　　如果换成另一个年代，作为外国记者的我应该也能争取到采访卡斯特罗的机会，那时候的他体力充沛，可以熬夜工作后出海钓龙虾。即使他还是会略显絮叨地和我重复那些古老的情节，但这又有什么关系？

　　我住在米拉玛区的美利亚酒店，它坐落在哈瓦那西南角的海边。"米拉玛"在西班牙语里的意思是"观海"。在 20 世纪 50 年代，这里是哈瓦那的顶级住宅区，它沿着一条名为"第五大道"的双向马路铺展开来，建于 20 年代的别致洋房散落在规划有序的树林之间，几家驰名加勒比地区的俱乐部也曾经安插在这里。1959 年古巴革命胜利后，洋房易主，成了各国外交官的驻地，但"第五大道"的地位始终不变。如今，有一支身着特殊制服，又过于严厉的巡警队伍潜伏在"第五大道"的岔口，专门拦下一些车速过慢的新款汽车。

在颇具加勒比殖民风情的洋房之间，委内瑞拉大使馆最容易辨认。一幅印着查韦斯画像的绸布挂在使馆的外墙上，以此纪念这位在几个月前病逝的拉美左翼领袖。查韦斯戴着厚实的红色伞兵贝雷帽，在哈瓦那酷热难耐的盛暑中显得有些不合时宜。

酒店大堂铺着大理石，冷气很足，几个商务打扮的人窝在入口处左侧的一片藤椅上，大口吮吸着用朗姆酒制成的冰镇鸡尾酒。住客大多来自加拿大和俄罗斯，他们穿着尺寸偏大的百慕大短裤和运动鞋，露出一截在漫长冬季中幸免于难的苍白小腿。

美利亚是最早进入社会主义古巴的外国酒店品牌之一。1990 年 5 月，这个来自西班牙的酒店集团在哈瓦那以东 140 公里的旅游度假区巴拉德罗成立了第一家酒店。从那开始，美利亚在古巴不断扩展，酒店数量已经上升至目前的 29 家，在 8 个城市有分店。

然而很多住客并没有意识到，古巴的美利亚酒店并非一个私营酒店。它虽然保留了品牌名称，但其实是一个合营项目，外来公司在约定的年份内经营酒店，但所有权归古巴政府所有。这是外国酒店进入古巴的唯一路径，美利亚集团显然兼具了难以想象的野心和容忍度，才能在二十多年前一口气接受古巴政府设下的各种苛刻条款。

古巴国宾馆

国宾馆的庭院拥有远眺海湾的绝佳位置

夜里发生了一件奇怪的事情。

由于长途奔波和轻微的时差，我早早地就寝了。半夜，床头的座机突然响了，我在黑暗中摸索着听筒。

"是哈维吗?"一个女人的声音。

"你打错了。"

"没有打错，我认识你。"

电话另一端传来一连串节奏轻快的单词。我不想表现得过于鲁莽，也许沉重的睡意让我的西班牙语听力下降了。

"你可以再说一遍吗?"

她略显得意地笑了起来。我环顾四周，窗帘没有拉上，房间是细长的，落地灯的圆形灯罩飘浮在黑暗中。我渐渐意识到自己身处一个旅馆房间里。

"你是前台吗?"我问。

对方没作声。

"如果不是的话我就要挂了。"

"为什么生气了呢?"她吃惊地问。

"你到底想要什么?"

"和我说说你明天的计划吧。"

我把电话挂断，平躺回床上。就在这时，一道镭射光透过窗户照进房间，红色的光点在房间的墙壁上慢慢移动，大概持续了几十秒。

我感到莫名的恐惧，等光点消失后，立刻往前台打电话。

然而没有人接听，嘟嘟的长音变成一条条钢丝。我在黑暗中思索着各种可能性。过了一会儿，电话又响了。我挣扎着要不要接。

"打扰了，我是前台。有一个女士想要和您通话，她说是您的朋友。"

我立刻把刚才发生的事描述了一遍。

"这实在太奇怪了，不过您放心，这件事交给我来处理吧。"前台道了晚安。

我刚把话筒放回，就听见门外传来轻轻的脚步声，仿佛有人在走廊里徘徊。我突然想起房门还没有反锁上，于是翻身下床，蹑手蹑脚地走到门后，把保险栓挂上。

然后，我小心翼翼地靠近窗边，把自己藏在扎起的窗帘背后。窗外是一片堆满黑色礁石的海岸。海水是铁灰色的，没有任何建筑。

隔天早上 8 点，电话响了，是我的同事。

"昨晚发生了一件奇怪的事。"她气呼呼地说，"我给你打电话，想要通知你一个采访的时间提前了，但是前台怎么也不肯帮我转进你的房间，还说要报警把我抓起来。"

原来第二个电话是她打的。我很快就将这件事抛到脑后，但它始终像一个缥缈的背景潜伏在我的哈瓦那记忆中。

在古巴，原则上任何新闻采访都需要通过官方安排和批准。哈瓦那记者站申请拍摄一个卡斯特罗的专题片，以故地重游的形式回溯这位革命领袖的人生节点，包括其出生地比兰庄园、吉隆滩、蒙卡达兵营、马埃斯特腊山等地点，而且还要采访几个依然在世的当事人。审批程序极其复杂，据说还惊动了卡斯特罗本人。

我抵达哈瓦那的那一周，古巴外交部刚好批准了专题片中的几个采访，其中最近的拍摄地点在哈瓦那大学，那是卡斯特罗的母校，我就跟着哈瓦那站的同事一起去了。

哈瓦那大学有一种恢宏壮阔的美，连绵的石阶和硕大的圆柱让人联想到罗马神殿。为了赶上午的第一堂课，我们8点前就到了。新一天的暑气已经降临，但花园里高低不一的葱郁树木依然守护着一丝清晨的凉爽。我们坐在树荫里的石凳上，看着眼前如城墙般高大的法学院渐渐掉入烈日的血盆大口中。

当哈瓦那大学还被叫作"圣海洛尼莫皇家主教大学"的时候，它坐落在哈瓦那旧城的一个拐角。那时西班牙殖民地的大学需要皇室或者教皇授权，所以才有了这么一个冗长拗口的名字。

这所建于1728年的大学是美洲地区最早的高等学府之一，到了19世纪下半叶，古巴各地爆发了大大小小的起义，西班牙政府坚信这要怪罪于殖民地居民过高的受教育程度，于是决定缩减对它的支持。

1902 年，古巴在美国的扶植下摆脱西班牙的统治，成立了"古巴共和国"，大学的地位也扶摇直上：它从路小巷窄的旧城搬到了韦达多区的一个原来是火药库的山坡上，校名也在经过多次更改后变成了现在的响亮版本。

法学院一层最靠东的教室就是卡斯特罗曾经上课的地方，我们跟着法律系的大一新生走进去。西班牙式的双扇木门有三个人那么高，教室宽敞，每面墙上都有三扇敞开的、一直连到天花板的巨大木窗。窗外满是绿色，能听见清脆的鸟叫声，整个教室仿佛悬挂在树梢上。

座位区呈扇形，围绕着讲台平均分成三个区域，学生们都集中坐在中间的区域，留下空荡荡的两边。老师是一个长得有点像阿莫多瓦御用女配角达兹·莱姆波瑞娃的中年女子，身穿一件长至膝盖的米黄色纱质长衫，下身搭配着一条白裤子。她有一种天真和严肃并存的表情，但似乎是幽默的，惹得学生们阵阵笑声。趁着她转过身在黑板上写字，我在过道边找了张椅子坐下来。

虽然是社会主义体制下的大学，但课堂上洋溢着一种欧美课堂上常见的自由氛围。学生们穿着清凉夏装，有人戴着帽子或者把造型夸张的墨镜架在额头上，一个穿着蓝色短袖衫的男孩慵懒地靠在旁边的椅背上。在座位后排，一把弗拉门戈风格的扇子摆动着，但看不清扇子的主人。

然而半堂课下来，我就对自己的判断产生怀疑。师生之间并没有互动，没有人提问或者插嘴，仿佛把一颗棒球投掷进厚实的海绵里。

哈瓦那大学的法律系是古巴最热门的专业之一。我注意到，全班五十多名学生里有不少是黑人和穆拉托人。这在其他拉美国家的课堂上很难见到，因为大学无论公私，法律系的学生一般是家境殷实的白人。

这要归咎于拉美教育体系的一个恶性循环：公立中学是免费的，但教学资源差，只有来自昂贵的私立中学的学生才考得上免费而且师资更强的公立大学。考不上公立大学的学生只能花钱上昂贵的私立大学。教育资源的分配始终由经济能力决定。

其实在古巴革命胜利前，哈瓦那大学也一直都是为富家子弟准备的。卡斯特罗就是最好的例子。

1945年，19岁的卡斯特罗从东部来哈瓦那上大学。"哈瓦那大学不可能是穷人的大学，那是一所中等阶层和富人上的大学。"卡斯特罗在一次采访中说，"我父亲有钱，所以我有机会来拥有大学的哈瓦那求学。"

卡斯特罗的父亲安赫尔·卡斯特罗出生在西班牙加利西亚一个贫农家庭，他第一次来古巴是作为西班牙士兵被派来抵御1895年爆发的第二次独立战争，据说还是顶替了同村的某个富人服兵役。战争结束后，安赫尔回到西班牙，但他已经在这片曾经的战场上嗅到了希望的味道。

1899 年，身无分文的安赫尔返回古巴。一开始，他在美国人拥有的蔗田里干活，由于具有一定的组织才能，很快就得到晋升。头脑灵活的安赫尔甚至开始和自己的老板做起生意，他和美国联合果品公司签订承包合同，组织小规模的企业。到1926 年卡斯特罗出生时，安赫尔已经是一个有钱有势的地主，在东边的奥连特省拥有大片的土地和财产。

由于富裕的家境，卡斯特罗从小就在富人学校上学。在来哈瓦那求学之前，他在圣地亚哥市的贝伦中学读高中，据说是一个热爱运动和爬山的叛逆少年。

不过卡斯特罗革命履历中最"扑朔迷离"的一段也发生在他就读哈瓦那大学的时期。史学界对于卡斯特罗何时成为共产主义者的观点分成了两派：包括卡斯特罗在内的一部分人坚称他在大学时期就已经是共产主义的信奉者；另一部分人认为卡斯特罗选择共产主义是在古巴革命胜利后根据国际形势做出的决定。

光线沉默地改变着路径，像是潜伏在蔗田中的游击队员。窗外的枝干相互缠绕，树皮的纹路和隆起愈发清晰，犹如爬行动物的皮肤。教室内的温度渐渐升高，那把主人不明的弗拉明戈扇不断地发出噗噗的声响。虽然是白天，但教室的灯都开着，这给墙上一幅何塞·马蒂的油画打上一层淡淡的光晕。

按卡斯特罗自己的说法，他刚入学时不喜欢上课，把时间和精力都用在课堂以外的地方。能说会道的他吸引了不少同学，其中自然不乏异性。

我翻看了不少卡斯特罗的传记，但始终没弄明白这个时期的他如何从"政治文盲"转变为一个宁愿牺牲最痴迷的体育爱好也不放弃任何一场政治活动的人。

不过，一个人实际做了什么远比他为什么想做来得重要。卡斯特罗加入了大学联合会的"争取波多黎各独立委员会"和"争取多米尼加民族委员会"。后来，他又竞选学联主席，公开反对社会的腐败和美国对加勒比地区的入侵。之所以会出现这个组合，是因为进步青年相信古巴的腐败问题植根于美国的势力渗透。

当时的古巴处于拉蒙·格劳政府的统治，曾经两次担任古巴总统的格劳一开始颇受人民欢迎，但很快就因为政府内部严重的腐败问题遭到批评。哈瓦那大学的领导层直接效力于格劳政府，这引起很多学生组织的反感。

也是在同一时期，大学里出现了一批"校园黑帮"，成员是一些持有武器、无恶不作的学生，据说还杀害了一些活跃的学生领袖，而校警和格劳政府对此竟然是默许和支持的。

高调的卡斯特罗自然也上了"校园黑帮"的黑名单。出于防卫的需求，他开始随身携带一把15发的勃朗宁手枪。

　　"啪"的一声，有人打开一瓶可口可乐。已到课间时分，学生们簇拥在教室门口。圆形石柱投下的阴影中放置着两块棕色的布告牌，我走近一看，发现上面贴着一张告示。

　　上半部分是法学院学生会的通知，它用蓝体字标注出每一个年级的开会时间，旁边附上新成员的名单，一共有19人，只有三分之一是男生。下半部分是大学生联合会和共产主义青年联盟的联合会议通知，他们将在会议上选出参加"国际青年学生节"的代表，同时征求法学院大学生联合会的意见。

　　68年前的这一天，卡斯特罗或许也是在法学院的门口看到这么一张告示。他对政治一无所知，但作为一个来自东部乡下的年轻小伙，即使来自富裕家庭，似乎也需要在这个茂盛，却也过于喧哗的城市里找到寄托。这种情绪和时代无关。

　　我试图在这张崭新的告示上揣度卡斯特罗当年的初衷，然而68年后的法律系新生对它视而不见。校园里的人多了起来，他们和我在街头见到的古巴人是那么不同，精神抖擞的男同学剃着时髦的短发，女孩们穿着朴素但样式新颖的裙子。至少在这里，经济封锁的痕迹能够暂时被青春的光芒遮掩住。

　　烈日下楼房的阴影已经退缩至墙根，一个黑人女学生撑着一把伞从花园中穿过。

哈瓦那大学为我们安排了一个采访，对方是历史系的教授，能和我们说说卡斯特罗的故事。

　　线条清晰的古典设计都有几分类似，然而有些石质建筑因为缺乏修葺，反而散发出一种洗净铅华的光泽，在日光中有一种无以复制的美感。

　　给我们带路的老师是法学院的一个副主任，我们时而沿着高墙行走，时而横穿昏暗凉爽的长廊，直到哈瓦那大学的校标阿玛·玛德尔雕像远远地出现在视野中。

　　这里才是哈瓦那大学的正门，是出现在明信片上的那一面，青铜雕像前的石阶一直向下延伸到普通街区。

　　阿尔纳多·席尔瓦教授在石阶边的一栋三层办公楼前和我们碰面。他年岁已高，戴着一副眼镜，白发退至头顶的中央。因为行走不便，他的夫人搀扶着他。

　　我本以为席尔瓦教授和卡斯特罗有过交集，也许见证过领袖在大学的时光。可无论怎么看，要符合这一个条件，席尔瓦教授都显得过于年轻。

　　其实，卡斯特罗入学时，席尔瓦教授只有 7 岁，哈瓦那大学决定让他接受外国记者的采访，不仅因为他是一名专攻古巴历史和经济学的专家，在革命胜利后参与大学建设的经历让他深得官方的信赖。

采访被安排在办公楼一层的会议室，面积适中的房间里塞满了样式夸张的沙发，四面墙壁都被漆成崭新的黄色，这让我们的古巴摄像有些苦恼。席尔瓦教授一坐上沙发，整个人就陷了进去。从寻像器里看，沙发弧形的靠背突兀地出现在他的肩上，犹如一副沉重的盔甲。

卡斯特罗称自己是在进入大学后开始对政治经济学思想产生兴趣，在深入学习后，他发现"资本主义经济学是非常荒谬的"。这个结论是如何得出的呢？卡斯特罗说自己出生在大庄园，从小就"亲身体验了什么叫帝国主义，什么叫统治"，所以在接触马克思主义和列宁主义的著作前，他就已经是一个空想共产主义者。

一个从小接受保守教会教育的白人青年对一种类似于共产主义的思想产生了朦胧的向往。我想到法学院一楼那间空旷的教室，硕大的门和窗，高挑的天花板，所有的设计都和人身不成比例，似乎很容易让人产生一种澎湃的心绪，仿佛对着一座雪山写作。

然而从量变到质变的过程中总存在临界点。1947年7月，卡斯特罗加入孔菲特斯岛远征队，反对拉斐尔·特鲁希略对多米尼加共和国的独裁统治。虽然他们最终遭到古巴海军的阻挠被迫跳海游回古巴。

隔年4月，卡斯特罗前往哥伦比亚首都波哥大参加拉美学生组织的反帝反殖大会，甚至约好了和哥伦比亚左翼领袖豪尔赫·盖坦见面。然而在会面发生的几个小时前，盖坦在大街上遇刺身亡，随即爆发的"波哥大暴乱"导致5000多人丧生。

当1950年卡斯特罗从法律系毕业时，他坚信自己在经历了这两件事后，已经是一个立场坚定的马列主义者。这时距离他组织攻打蒙卡达兵营只有两年的时间。

席尔瓦教授的讲述仿佛在诵读一篇文章，他仔细地确保没有遗漏一个词，也没有添加一个词。在每一句话的开头，他总是将语调高高地扬起，然后在句子过半后缓缓下落，整个采访犹如一首旋律平淡的歌曲。如果不是同事含蓄地打断他，气息饱满的席尔瓦教授恐怕会一路讲下去。

校方建议拍摄玛格纳礼堂。我们本来兴趣索然，但听说卡斯特罗从前经常在那里发表面向大学生的演讲，于是决定去看一眼。

礼堂坐落在校园的最深处，我们需要原路返回。一天中最热的时刻已经逼近，路面被晒得仿佛升腾起白烟，迎面走过的人和我们短暂对视，有一种患难与共的慰藉感。几个学生零散地坐在自然历史博物馆的台阶上，博物馆是一栋中空的建筑，中庭茂盛的热带树木和楼一样高，正挣扎着从石柱的巨大缝隙中钻出。

玛格纳礼堂是哈瓦那大学建成最早的建筑，从外部看，这栋二层的楼房四四方方，石墙斑驳。造型与校园里其他的建筑相比要朴素得多，但因为门窗紧闭，反而有一种慑人的威严。

我们绕到建筑的背后，那里开了一扇小门。一走进去，四溢的光线如同被卷进旋涡一般消失得一丝不剩。正当我努力从一片混杂着尘土味的昏暗中看清四周时，有人把灯打开了。犹如变魔术一般，一个面积中等，但富丽堂皇的礼堂出现在眼前。

礼堂有着浓郁的巴洛克风，镶着金粉的天花板装饰，螺旋状的灯饰和雕刻得非常精美的木质栏杆。最耀眼的是主席台上方的壁画，一共有七幅，都以神话人物为主题，象征着医学、科学、美术、思想、自由艺术、文学和法律，分别代表当时哈瓦那大学的七个学院。

卡斯特罗第一次到哈瓦那坐的是火车，他随身带了现金，用来置办入学后所需的衣物和书籍。当时的学费和住宿费是每月 50 美元，对于卡斯特罗家来说并不昂贵，但在大学的教职工眼中，这已经是一个天文数字，因为他们的月薪只有 75 美元。

在参加学联的竞选活动时，卡斯特罗穿上做工精细的黑色西服和领带，而不是像普通古巴男人一样穿一件瓜亚贝拉衫。

所幸卡斯特罗在演讲内容上花费的精力和在穿着上的一样多。为了准备在哈瓦那大学的第一次演讲，他用整整一周的时间写稿，改稿，在一面镜子前不断地练习语调和手势。

1985 年，卡斯特罗在接受《波希米亚》杂志采访时说，他依然会在演讲的前一刻怯场。不过读者看了都一笑了之。

我在空荡荡的贵宾席上找了张椅子坐下来，想象着卡斯特罗站在几米之外的演讲台上。

哈瓦那大学

玛格纳礼堂的天花板

現在回想，我第一次去古巴时产生的诸多想法随着认识的深入都或多或少地发生了变化，唯有一件事除外：如果在岛上只能拜访一个景点，我会选择美国作家海明威的故居。

也许在当地人看来，这有一丝亵渎的意味，但我并不这么认为。正相反，它其实是恭维。因为只有真正美丽的国度和城市，人们才会自然而然地萌发出这种善意的较量。如同我们通常会在美人的五官中寻找最雅致的一处，而不会拿相同的问题去为难另一类人。

从哈瓦那市区开车到瞭望山庄大概需要半个小时，不过这取决于司机的身份。如果是略微涉足旅游业的当地人，他会沿着古巴中央公路一直向南，海明威故居在城市的东南郊。长居哈瓦那的外国人也不会迷路，这是亲友访古必去的地址。最需要担心的是想要挣点外快的素人的哥。有一回我仗着自己去过几次瞭望山庄，就在街角的加油站拦了一辆私家车，那是一辆锈红色的老款雪佛兰，司机很年轻，宽敞的仿皮座椅虽然陈旧，但见不到日常上下客留下的刮痕和汗渍。

我俩都各藏私心，谈好的车费比平时便宜一半，而他也能趁闲攒几张外汇券。毕竟在古巴，最廉价的是时间，而且他可能不是车主。

然而半个小时后，车窗外的风景让我迷糊了。我们开进了一个小渔村，风是咸腥的，车轮缓缓碾过夹杂着贝壳碎片的沙道。我把双臂撑在前排的椅背上，上半身往前探，仿佛驾驶座的视角比后座更加准确一般。

"不是这个地方，房子不在海边。"我说。

的确，厅堂和卧室的窗户都看不见大海，除非是爬上庄园里一座白色的方形塔楼，从顶层的房间里向外望，才能在棕榈树冠犹如烟花般的轮廓里瞥见闪动着白色光点的海面。在那个面积不大的房间里，放置着一台立式望远镜和一把铺着蓝色软垫的木质靠椅。海明威会在那里写作。

司机其实并不清楚地址，只知道房子的主人是一个写过《老人与海》的大作家，所以就径直往渔港的方向开。

我们和沿路经过的村民打探方向，但认识海明威的古巴人比我想象中的少。当标注着"瞭望山庄"指示牌最终出现在视野中，已经又过去了半小时。我有些过意不去，于是多给了油钱。全部加在一起，和正常打车的价格也差不多了。

我读海明威的小说，但一直很难产生共鸣，反倒是对他的生平有一种近似朝圣的着迷。20岁的我，暑假在马德里学习西班牙语，课程一结束我就搭火车去巴黎旅行。海明威和第一任妻子曾经租住的公寓离我落脚的青年旅馆只相隔几条街，楼的外墙上挂着一块纪念牌。

"这就是我们年轻时的巴黎，那么贫穷，却那么快乐。"每一位慕名而来的访客都会默念刻在牌子上的这行字。

它出自《流动的盛宴》，这本关于巴黎的随笔其实是海明威在古巴写出的。以巴黎为题材的非虚构作品多如繁星，而其中最负盛名的一本却是作者在离开此地将近40年后才开始动笔的，这对于讲究时效的出版界来说是很难想象的，却也让我这种在写作上患有拖延顽疾的作者得到不少安慰。

我常想，在气候条件截然相反的环境中回述过去是否会让记忆出现偏差。《流动的盛宴》就是一个值得推敲的案例，在我模糊的印象中，海明威笔下的巴黎似乎过于寒冷了，段落与段落之间此起彼伏的酒局除了满足作家的酒瘾外，应该也有驱寒暖身的功能。可当我来到瞭望山庄，就一下子都明白了。

在这里，一切都和巴黎是反着的。加勒比海近似热带雨林气候，宽叶绿植失控般的茂盛是任何一个温带地方的夏季都无法与之攀比的。施展咒语的还有宅子本身，它被隔成八个面积不等的空间：挂着巨幅斗牛士油画的是起居室，《午后之死》初版的封面就是这张图，印满花卉的布沙发是房子里唯一偏女性化的摆设；通向后院的一个铺着赭色方砖的走廊被用来做餐厅；书房有大小两间，名气越高的作家往往会选择面积更小的书桌，当海明威身形渐宽后，他干脆就把打字机挪到了卧室的一个半身高的书柜上，站在一只鹿头的标本下写作。

在拜访瞭望山庄至少五次后，我依然不记得门的存在。这可能是因为空间与空间之间没有边界感，无论是向内，还是向外，它都是通透的。视线可以从房屋一隅的玻璃窗穿进，掠过书架上的英文小说和旧杂志，掠过边桌上的酒瓶，酒的存量依然保持在屋主离开的那一天，犹如在地震废墟中停摆的时钟，最后从另一边的窗户穿出。如果置身室内向四周看，一扇接着一扇的硕大木窗让宅子有一种露天庭院的气氛，似乎为了满足外人的窥视欲而设计。这种通透完全不同于格局费解又幽暗的欧洲公寓。

然而瞭望山庄的丰盛又和建筑没有太大关系。只要仔细观察，你就会发现宅子有一种手工折纸般的简朴。它充满直角，唯一的曲线出现在餐厅和卧室的拱门上，虽然增添了一丝宗教场所的神圣感，但在同一时期的建筑中并非神来之笔。真正点石成金的都是海明威附加的，无论是他在非洲狩猎所得的动物头颅标本，还是私藏的画作和纪念品。瞭望山庄既像一颗真空的时间胶囊，又像一只熟睡中的动物，能感觉到其浅浅的气息。似乎因为这样，再喧哗的游客到了这里都不敢大声喧哗，生怕它被吵醒后就一溜烟儿跑掉了。

浴室门背后的白墙上用黑色的铅笔写着一串串小字，仿佛行进中的蚁群，也像清晨时分歪歪斜斜的早操队伍。普通访客是不允许进入宅子的，所以大多数走马观花的人很难发现这个浴室角落的秘密。即使注意到，也看不清字的内容。如果凭空猜测的话，我多半会以为是每篇稿件的字数。然而来之前我已经在一本画册上见过这面墙的特写："蚂蚁"其实是海明威的体重。更准确地说，它包括具体的日期和当天的体重。体重秤摆在墙角。

我发现海明威一开始会在夏天到来之前记录体重，那也是他体重的顶峰时期，好几次都超过 240 磅。当体重成功降至 200 磅左右时，他开始像上瘾一样每天记录，甚至延续进了夏天。这时候离海明威吞枪自尽只隔一年，过于密集的控制欲也许是崩溃的前兆。

瞭望山庄总是给我一种矛盾感。以同为爱书人的心情去揣度海明威，他是想要在此久居的，有 9000 多册的藏书为证。事实上，海明威在这栋宅子里生活了 22 年，这也是他唯一一处在美国境外购置的房产。与此同时，瞭望山庄又散发着一丝随时会被遗弃的气氛。它像是一座夏宫，即使在这里诞生了《丧钟为谁而鸣》和《老人与海》，但从本质上看，它和海明威在旅途中伏案写作的场所没有太大区别。

也许瞭望山庄就是作家的一个旅行箱。借用奈保尔的比喻，海明威把 20 世纪四五十年代的瞭望山庄塑造成一个拼命想出门的人。

海明威也的确是这么对待它的。1960 年 7 月，当他在浴室的墙上记下 24 号的体重后，就在第二天离开古巴，没有再回来。

宅子建在一个山坡上，沿着林间小径往下走，会路过一个天蓝色底面的游泳池。我从来没见过它注满水的样子。池边零星摆放着几把漆成白色的雕花铁椅，倒像是沉入水底的船锚一样重。

再往前是猫的墓地。四座扇形的小墓碑，犹如猫的小耳朵。

庄园的尽头是海明威的钓鱼船。船底是鲜红色的，让人联想起小说里鲨鱼的猩红大口。黑色的船身，船舱是接近原木的棕色。甲板被刷成绿色，远看仿佛铺着绵软的地毯。

整艘船被一块块形似墓碑的水泥墩架起，顶棚和绕船半周的步道应该是瞭望山庄变成海明威博物馆之后才搭建的，这样访客能更清楚地看见船的每一个细节。例如印在船尾的船名"皮拉尔号"，它是海明威第二任妻子宝琳的小名，后来海明威又在描写西班牙内战的小说《丧钟为谁而鸣》中用了这个名字。船名的下方印着"基韦斯特"，这个美国最南端的城市并不是船的产地，船是海明威从布鲁克林购买的，但他常常在基韦斯特驾驶着它出海。

来这里的人总会不自觉地揣测"皮拉尔号"是否和《老人与海》有关，全然忘了后者只是一部中篇小说，即使取材于真实故事，虚构的成分总是更大一些。

然而在一个被海洋围剿的岛国，船的意象往往能得到更丰富的诠释。它既是远征，也可以是超越，有时还象征着革命。

古巴革命就是从一艘船上开始的。1956 年，流亡墨西哥的卡斯特罗驾驶着一艘名为"格拉玛号"的游艇，和另外 81 个游击队员从墨西哥远征古巴。劳尔和切·格瓦拉也在船上。这是卡斯特罗攻打蒙卡达兵营失败后的又一次尝试。渡海的部分比预期中的顺利，因为巴蒂斯塔政府获得错误的情报，误以为船顶是蓝色的，绿色船顶的"格拉玛号"得以侥幸靠岸。登陆后的第三天，他们遭到政府军的剿杀，仅存的20多人藏进了一片蔗田里，后来在马埃斯特腊山建立了根据地。

船的形象帮助我把卡斯特罗和海明威联系在一起。在相当长的一段时间里，我和大多数人一样误以为他们交往甚密。这种错觉既源于哈瓦那纪念品店里随处可见的黑白合照，也因为卡斯特罗热衷于和文豪们打交道的作风，从聂鲁达到加西亚·马尔克斯。

然而根据公开记录，两人只打过一次照面。这次相遇发生在1960年5月的"海明威杯"钓鱼比赛上。海明威是颁奖嘉宾，而卡斯特罗的出现则有不同的说法。一种是他在钓鱼比赛中获得冠军，另二种是他意外现身颁奖现场。

我自然更倾向于前者，因为在古巴，意外之事是不存在的。无论是革命前，还是革命胜利后。

"我只是一个新手。"黑胡子的卡斯特罗接过奖杯。

"你是一个幸运的新手。"白胡子的海明威回答道。

《生活》杂志在报道中记录了这个对话。日常言谈中随机迸发出的隐喻是再伟大的作家都无法预知的。

作为古巴历史中最有名的一位美国人，海明威对于古巴革命的真实态度一直是史学家热衷的研究命题。如果单纯从他和卡斯特罗见面的次数上看，英语系的海明威显然没有其他拉美文豪那么热情洋溢。可是回过头来，这种判断又是不公正的，年轻的海明威在前线记录了西班牙内战，与此相比，其他作家的无畏更多是形而上学地停留在稿纸上。更何况当时的海明威正在被每况愈下的抑郁症拖入海底，一个濒临溺水的人根本无心感受岸边一棵开花的树。

至少，海明威是亲近和接受的，而且从文学创作的角度上看，卡斯特罗很像是一个海明威小说中会出现的人物。

两人在码头上的短暂会面被官方摄影师萨拉斯永久地凝固在胶片上。曾经陪同卡斯特罗出访纽约联合国大会的萨拉斯说，在他一生拍摄的作品中，没有什么能超越这一组照片。

收集一张海明威和卡斯特罗的合照是我多年的心愿。在离武器广场不远的一家专售仿古照片的店铺里，我仔细比对每一个版本，即使它们的区别是细微的。

最终的赢家是一张两人的半身合照：戴着墨镜的海明威凑在卡斯特罗耳边说话，卡斯特罗低头不作声。它是一个被切割了前因和后果的独立瞬间，很难从中窥见真相，但那一寸遐想的空间吸引了我。

像所有传奇故事一样，后世的读者只保留自己喜欢的那一部分。

海明威在古巴家中的旧照（作者翻拍）

海明威故居瞭望山庄内景

第三章

草莓和巧克力

我对古巴最初的印象并非来自卡斯特罗。

2003年，我在一期《读书》杂志的电影专栏看到一部叫作《草莓与巧克力》的古巴电影，讲的是一个同性恋艺术家试图"掰弯"异性恋大学生的故事。

然而真正让我感到新奇的是电影里关于颜色和味觉的意象：两人在哈瓦那街头吃冰激凌，艺术家点了草莓口味，大学生点了巧克力口味。短小的影评说，草莓冰激凌的粉色象征着资本主义，两种意识形态的进与退是电影真正的主题。

在筹划哈瓦那之行的时候，这部电影突然从漆黑的记忆中被召唤出来。《草莓与巧克力》在1993年一上映，立刻在全球范围内掀起波澜，甚至获得第67届奥斯卡金像奖最佳外语片奖提名，也是至今唯一一部获得奥斯卡奖提名的古巴电影。

无论从哪个角度看，这都是一部极具先锋性的电影，即使放在今大也毫不为过。但令人诧异的是，在之后的20年里，似乎再也没有一部古巴电影紧随其后。《草莓与巧克力》犹如一场远古的海啸，在集体记忆中越来越模糊。

有一天，我乘车经过哈瓦那 23 街西侧的一个广场，突然发现很多人在烈日下排队。队伍从广场中央一栋造型犹如飞碟的建筑里蔓延出来，又沿着花圃的铁栏杆一直排到路边。

哈瓦那是一个随处可见队伍的城市。邮局、银行，甚至是报刊亭。然而像这样的长队也不多见，根据我的生活经验，它多半和食物有关。出租车司机告诉我，这是"葛蓓莉娅"冰激凌店。

"就是《草莓与巧克力》里的那个冰激凌店吗？"我问。

"这我不太清楚，但要记住了，它是全世界最美味的冰激凌。"他很得意。

一回到办公室，我就用网速堪忧的古巴网络确认了这个信息：电影是在"葛蓓莉娅"拍摄的。隔天下午，我一忙完手头的活儿就急匆匆地前去"朝圣"。

和古巴大多数餐饮公司一样，"葛蓓莉娅"是一家国营企业。广场的树荫下竖立着一块三角形的广告牌，上面画着一双芭蕾舞演员的腿，但并不纤细。如果说这是为了形容冰激凌的丰盈绵密，但却呈现出一种劳动人民的壮实感。等候的人很多，但随行的同事轻车熟路地带我径直上楼。

原来，排队的人付的是"土比索"。如果付外汇券就不用排队，价格自然也会翻倍。

越过头顶烈日排队的古巴人让我有一丝罪恶感。我们快步走上曲线优美的螺旋楼梯，来到冰激凌店的第二层。这里面积宽敞，再加上楼层是圆形的，让我联想起90年代中国南方的文化宫在周末举办的联谊舞会。

一群古巴小孩趴在乳白色瓷砖铺成的吧台上，像幼鸟一样亲啄着店铺伙计刚递上来的冰激凌球。大多数顾客则端着好几个盛满冰激凌球的黄色塑料碟，挪步到摆有座椅的用餐区才开始大口品尝。

对于普通古巴人来说，"葛蓓莉娅"的价格非常实惠，只要花5个"土比索"（约合人民币1元）就能买到一份有五颗球的冰激凌，着实有点半卖半送的感觉。当地人能一口气吃掉好几份，然后又捎上饭盒，严严实实地盛上一桶带回家当正餐。

据说这里每天能卖出16100升冰激凌，上门的顾客更是高达一万人。我原本对这几个数据半信半疑，但眼前人来人往，流动量极大，似乎并没有水分。

"葛蓓莉娅"诞生于古巴革命胜利后的1966年，创办人是菲德尔·卡斯特罗，他的初衷是打造一个口味丰富的本土冰激凌品牌，以此打败美国的产品。为了实现这个目标，卡斯特罗特意从荷兰和瑞士引起了最先进的机器，他的亲密伴侣塞西莉亚·桑切斯则以她最喜欢的芭蕾舞剧《葛蓓莉娅》给冰激凌取名。

"葛蓓莉娅"的分店遍布古巴全国，甚至在2012年把业务拓展到了委内瑞拉。当时已经出现病症的查韦斯对外宣布，两国政府已经完成协商，将在委内瑞拉建立一个"葛蓓莉娅"的工厂。

《纽约时报》还发表了一篇报道，并且一上来就讥笑道："委内瑞拉送石油给古巴，而古巴以冰激凌回赠。"

我并没有通过一颗冰激凌球解析外交事务的意图，来这里点一份草莓和巧克力口味的冰激凌才是唯一的目的。可是套着白色制服的伙计说最近只有杧果和巧克力两种口味。我各要了几颗球，又学着邻桌的古巴人点了一杯酸豆汁。

我先尝了一口象征社会主义的巧克力球，味道很淡，也没有可可的香味。我又多试了几口，情况没有改善，它像是用稀释过的巧克力奶冰冻成的，而且有一种并不清新的甜味。我更喜欢杧果口味，但奶味太小。我正琢磨着，几颗球就已经塌蔫在一起。

是因为期待值过高引起的心理落差吗？我心想。在我的经验中，冰激凌品质的好坏和当地的发达程度并没有直接关联。我尝过最美味的冰激凌并不是在欧美，而是在亚马孙河流域一些极其偏远的小城。当地人不但把传统的口味做得好，而且有很多罕见的热带水果口味。

我想起电影里的艺术家在吃完一口"葛蓓莉娅"冰激凌后满足地说："真是极致美味，这是这个国家唯一做得好的事。"

后来我才发现，这并不是我的主观印象。2012年4月，古巴《劳动者报》公开批评"葛蓓莉娅"的品质出现严重下降。

"空心球打不出本垒。"报道用这个古巴俚语形容道。这家机关党报的记者通过暗访发现，不少冰激凌球都是空心的，而且掺杂着大量的冰碴。报社随后联系了"葛蓓莉娅"的管理部门，女主管解释说，车间的几台机器出现了故障，而且冷冻柜的数量也完全不够。

我应该庆幸自己能够品尝到巧克力口味。"葛蓓莉娅"的女主管在采访里抱怨："有的时候我们接连几个月都领不到巧克力，即使到货了，也完全满足不了需求。"

其实，古巴政府一直都给"葛蓓莉娅"提供特殊待遇，这也是为什么从 2010 年开始，它从古巴食品工业部移至古巴国内贸易部。报道是这么结尾的：只有规范和严格的管理，"革命果实"才会继续发光。

当这几颗"革命果实"在我面前融化成一碟甜水时，采访已经登报一年多了，可见这家老字号遇到的问题已经很难通过主观努力得到解决。

难道说这个国家连"唯一能做好的事"都做不好了吗？我突然意识到，电影里的"唯一能做好的事"未必指的是冰激凌。

哈瓦那老城区

放学后的古巴小学生

在古巴随处可见何塞·马蒂的雕像

古巴国际电影电视学院坐落在一个叫作圣·安东尼奥·德洛斯·巴尼奥斯的小镇上，这里距离哈瓦那虽然只有一个多小时的车程，但已经属于另外一个省。阿尔特米萨省是 2011 年从原来的哈瓦那省拆分出来的。

　　一离开哈瓦那市区，我们仿佛扎进了连绵的蔗田和香蕉园。天气晴朗，公路像是一条银光闪闪的带鱼在充沛的绿色中游动。

　　这是我第一次拜访首都以外的地区。每经过一个公共汽车停靠站，我都会透过车窗和站台上的古巴人对视。他们的打扮比哈瓦那人更朴素，但脸上挂着一种漠然而平静的神情。

　　等车的人群中总能瞥见身着橄榄绿军装的青年，但不知为何，他们给我的印象总是雾蒙蒙的，像是美墨边境齐瓦瓦沙漠中的仙人掌。

　　这所创建于 1986 年的三年制高等艺术院校在拉美地区极负盛名，它的发起人是拉美文豪加西亚·马尔克斯。在一个长年被封锁的孤岛上开设一所电影学院不失为魔幻现实主义的另一种隐喻。之所以在校名里加上“国际”二字，是因为马尔克斯希望所有立志献身艺术的第三世界青年都可以来这里学习电影。无论是拉美、非洲，还是亚洲。

　　这样的想法自然深得革命领袖的欢心，在卡斯特罗的全力支持下，学院在一年后横空出世。首任院长是阿根廷著名导演费尔南多·比利，这在某种程度上给学院的发展路线定下了主调：他们让活跃于一线的电影人走上讲台，尽量避免过于学院派的授课方式。

在星光熠熠的教师名单中，时不时能够看见格里高里·派克、杰克·莱蒙这样的好莱坞巨星。著名电影制片人桑福德·利伯森也在这里开过课，这位米高梅和福克斯公司的前高管每年都要在古巴停留三个礼拜。

除了师资雄厚外，古巴国际电影电视学院的另一个优势是奖学金丰厚，而且平均每年只招收四十个学生，这使得入学选拔异常激烈。我曾经雇佣过的一位巴西摄像就毕业于这所学校，他不止一次向我描述那道 20 年前的考题：一颗鸡蛋。更确切地说，是用三张照片诠释一颗鸡蛋。

"我让一颗鸡蛋从空中落到坚硬的地面上，用高速快门拍下从下坠到蛋碎的全过程。"他一脸骄傲，浑浊的眼球闪现出一丝亮光。还没等我对这个故事的诸多疑点做出进一步确认，那份录取通知书就已经"寄到"了他的嘴边。

学院的主楼是一栋白色的三层建筑，它有宽敞的露台和整齐的大幅玻璃窗，楼层之间仔细地涂着红色的直线，几棵又细又高的棕榈树挡在门口，这一切都让我联想到 70 年代的加州汽车旅馆。

负责外事工作的女老师在正门的阴影里等候我们。她带我

85

们穿过凉爽的长廊，一直走到露天的中庭，这里有一个叫作"电影之魅"的咖啡厅，几个学生模样的年轻人在吃夹着一层薄奶酪的三明治。

我总是不自觉地注意到古巴人手中的食物。女老师解释说，由于新学期刚开始，老师和学生都很少，但她会尽量帮我们安排适合的采访对象。

趁她离开的一小会儿空当，我在楼道间四处闲逛。有一条连接着前后院的走廊非常显眼，白墙上满是涂鸦。我凑上前，发现是用各种语言写成的五颜六色的句子。

颜料的新旧差异说明它们是日积月累而成，并非一夕写就。在所有的句子里，篇幅最大的是用三个英文单词组成的句子："艺术永不沉睡。"落款是弗朗西斯·科波拉，这位美国导演"教父"不止一次来这里举办讲座。

这时我才意识到，这面让我有些炫目的白墙其实是学院的留言簿。在科波拉留言的右上方有两行蓝色的波斯文，落款是伊朗导演阿斯哈·法哈蒂。他在 2012 年出席了哈瓦那的伊朗电影周，那时候他刚凭借《一次别离》拿下了奥斯卡最佳外语片奖。

在墙壁的拐弯处写着"永不放弃"，那是以悬疑惊悚片见长的美国名导布赖恩·德·帕尔马的留言。

我沿着墙壁一路看过去，沉浸在导演们或高或低的喊声中，犹如身处片场。我最喜欢的一句话是费尔南多·比利留下的，这位形似齐白石的"拉美电影新浪潮之父"提醒着往来的学子："做梦的时候也要睁大双眼。"

女老师找来的采访对象是一个20岁出头的古巴混血小伙。他皮肤黝黑，微微卷曲的短发，穿着一件合身的格子衬衫。我们从花园里搬来两张极其笨重的白色雕花铁椅，摄像还特意给他挑选了一个有切·格瓦拉壁画的背景。

"你们想要问些什么呢？"他问我。

他的眼神中闪过一丝敌意，这让我有些讶异。我解释说来这里采访经过了古巴外交部的批准，主要是想了解古巴当前的电影产业。但这番话似乎并没有让他放松下来，他双手抱胸，这是处于防御状态下的身体语言。

"先从你的经历聊起吧。"我说。

他并没有从自己如何热爱电影，又是怎样考取这家院校说起，而是一口气罗列出一串片名，这些都是他的作品，俨然一副成熟导演的架势。

我估计其中多半是一些他比较满意的课堂作业，就像是刚毕业的大学生常常会把来自实习单位的一句言语上的赞赏写进简历一样。他看我并没有什么反应，于是又提起教过他的一些老师。

为了不陷入陌生名字的旋涡中，我只好紧紧盯着他嘴唇上浓密粗硬的胡须。

"我听说你马上要去莫斯科了。"我打开一个新的话题。女老师之前告诉我，他拿到了俄罗斯政府的奖学金，准备去莫斯科的电影学校深造。

听到这个问题，小伙似乎也松了一口气。他很详细地说了申请奖学金的过程，交了哪些材料，他之所以能够被选中又是因为哪些作品。

眼看这个采访很快就要变成一次拖沓的个人专访，我只好直截了当。我问他是否觉得当前古巴电影的发展受到了某种限制，无论是经济上的，还是其他形式的。

他沉默了几秒钟，说不觉得有任何困难，因为古巴电影一直都得到政府的支持。他一边说着，一边朝我的左肩上方看去，仿佛那里站着一只希区柯克的黑鸟。

他的回答并没有违背事实，古巴政府里有专门的机构负责电影的投资和制作，叫作古巴电影艺术与电影工业局。

和"葛蓓莉娅"冰激凌一样，这个机构也是一颗红彤彤的革命果实。在 1959 年古巴革命胜利之前，只有富人才上得起学，所以古巴社会的文盲率非常高。卡斯特罗政府意识到，只有借助以画面语言为认知渠道的影视作品，才能更顺畅地接近群众。

卡斯特罗深谙用影像记录革命历史的重要性和迫切性，这是成立古巴电影艺术与电影工业局的初衷。

第一部在古巴本土诞生的影视作品是一部无声纪录片。1897 年，法国人加布埃尔·韦雷在哈瓦那普拉多大道的一个街角拍摄了《消防演习》。韦雷其实是电影放映机的发明者卢米埃尔兄弟的经纪人，古巴之行最主要的目的是推销这项新发明。

很难说是法国人的口才太好，还是那时的古巴人爱赶时髦，"第七艺术"立刻像一阵飓风在这个加勒比海岛刮了起来。在短短几周的时间里，哈瓦那甚至出现了有固定营业时间的电影院，连一场突如其来的火灾也没能阻挡住人们看电影的热情。

在一战爆发前，电影作为一门新兴产业已经在拉丁美洲生根发芽。和其他西语国家一样，古巴早期的电影都以"历史回顾"为主题，这也得到时任古巴总统梅诺卡尔的支持。

后来，作品类型开始转向通俗剧。虽然称不上欣欣向荣，但前前后后也制作出80多部电影，偶尔也出现过零星的佳作，像是古巴著名导演拉蒙·佩思在1930年推出的《爱情圣母》。

出生于哈瓦那的拉蒙·佩思最早是纽约老牌电影制片厂维塔格拉夫公司的摄像，后来又转战到西岸的好莱坞当导演助理。但一直等到他回到故乡，事业才终于飞黄腾达起来。

《爱情圣母》是佩思的代表作，虽然以圣母为名，但剧情其实和宗教一点关系都没有。这部电影是古巴历史上最后一部无声片，即使在今天，以电影专业见长的加州大学洛杉矶分校还会不时地把它拿出来公映，可见其艺术价值不可小觑。

在革命胜利前的50年代，古巴的文化输出更多的是音乐，而在电影领域，它更像是好莱坞的廉价外景拍摄地。

不过这个角色不久就被波多黎各取代了。卡斯特罗上台后不到3个月，古巴电影艺术与电影工业局强势诞生，古巴电影的性质和审美也从此上了一个新台阶。

在这个新机构的大力推动下，影视佳作如同不断击打着哈瓦那黑色堤岸的雪白浪潮，其中以1968年上映的《低度开发的回忆》为代表作，这部以一位资产阶级作家为主角的电影甚至被世界电影俱乐部联盟推选为电影史上"百部佳作"之一。

有趣的是，古巴电影艺术与电影工业局从1960年起推出了一档周播的新闻节目，它涵盖了国内和国际新闻，专门在幕布上放映。每逢周末，一辆辆移动放映车就带着印有新一期新闻节目的胶片赶赴岛上的大小城镇。

无论是近在咫尺的古巴导弹危机，还是远在天边的越南战争，那一代的古巴人都是从各式各样的电影院里知道的。

如果只是为了讨论古巴电影艺术与电影工业局的积极作用，我就不会大费周折地来这里一遭。

2011年，一部名为《僵尸胡安》的古巴电影在拉美热映，当它的海报出现在哈瓦那街头时，即使是从未踏足当地电影院的外国人都加入了买票的行列。这是一部略带喜剧风格的恐怖片：

哈瓦那爆发了一场奇怪的瘟疫，所有被感染的人都变成了嗜血如命的僵尸。然而当人们急欲逃离这座城市的时候，一个来自社会最底层的中年男子胡安想出了一条生财之道，他和几个好朋友成立了一家公司，专门为正常人猎杀已经变成僵尸的亲人。

这部在哈瓦那取景的电影被认为是近十年来最卖座的古巴电影，而且一连斩获多个国际奖项，其中包括有"西班牙奥斯卡"之称的戈雅奖。古巴政府也觉得脸上有光，党报《格拉玛报》不止一次报道了这部电影在国际电影节上的骄人成绩。

然而如果要进一步追溯电影的创作背景，可能会稍嫌尴尬，因为它的主创团队是一家本土的独立电影制作公司，而拍摄资金主要来自西班牙。

根据古巴电影艺术与电影工业局的规定，"独立电影制作公司"是不合法的，这一类公司只能以"创作团队"的名义在政府注册。他们不能签订雇佣合同，也不被允许申请集体的银行账户。

如果以革命胜利初期的社会环境为出发点，这个规定的出现并不难理解。电影被认为是一项公共事业，而"独立电影"带有浓厚的资产阶级色彩。虽然不少电影人认为，古巴电影艺术与电影工业局最初打造电影产业的模式隐约带有"好莱坞"的痕迹。

苏联解体后，长期依靠苏联援助的古巴遭到重创，经济领域呈现"戏剧性"放缓，并出现经济负增长。当古巴政府还在为解决群众的温饱寻找对策时，拍电影自然成为一种不切实际的奢侈投资。古巴电影艺术与电影工业局很快就陷入停产状态，甚至连播映了整整 30 年的新闻节目也被砍掉。

这种"特殊时期"的情况逐渐变成了一种常态，即使过了千禧年，古巴电影艺术与电影工业局每年制作的电影也寥寥可数。2013 年的片数是 6 部，而到了 2014 年就只剩下 1 部。电影的营销也处于停滞状态。

在全球音像盗版风潮的冲击下，古巴电影更是进入了恶性循环状态。许多本土导演甚至开玩笑说："哈瓦那小贩卖盗版碟挣的钱都比古巴电影艺术与电影工业局卖片挣得多。"

当自筹成为获取拍摄经费的唯一途径时，关于"独立电影制作公司"的陈旧规定就成了一块难以忽视的绊脚石。

《僵尸胡安》的制作方"第五大道"目前是古巴影响力最大的独立电影制作公司，负责人之一的克劳迪娅·卡维诺是一个 80 后，但在古巴已经有"独立电影掌门人"的地位。

"我们就是四只猫搞定一切。"克劳迪娅经常对慕名前来的外国记者说。"四只猫"是一个双关语，它既是西班牙语俚语，用来表示"很少的人或者资源"，同时也指代公司里的四位合伙人。

在克劳迪娅看来，独立电影制作公司的优势是能够把制作流程化繁为简。一些电影的制作如果完全依靠官方，不仅进度缓慢，而且会因为经费的限制层层受阻。

"第五大道"制作公司成立于 2004 年，《僵尸胡安》的导演亚历杭德罗·布鲁格斯是创始人之一。当时这位来自阿根廷的小伙刚从古巴国际电影电视学院毕业不久，正在筹拍自己的首部长片，于是找了一个地方做工作室，相当于小规模的制作中心。

　　除了为处女作服务外，他们也希望"第五大道"成为一个电影创意作坊，不但可以推动新的影视策划，也能借机探寻一种新的出品方式。

　　虽然如今的"第五大道"也算小有成绩，甚至还能资助一些捉襟见肘的年轻导演拍摄短片，但他们在长片的筹资上依然吃力。有的时候需要等待三到四年的时间才能从一些专门鼓励拉美电影发展的国际基金会筹到足够的经费，而把前一部获奖影片的奖金投资给下一部电影更是家常便饭。

　　志向高远的电影新手一驶出蔗田环绕的象牙塔，就搁浅在哈瓦那坚硬的礁石上。为了推出作品能早日获得名声和奖金，势单力薄的独立导演需要把制作成本压缩到最低。

　　编剧出身的古巴青年导演阿图罗·因凡特就是很好的例子。在他的短片作品《乌托邦》中，所有的演员都是友情客串，后期编辑的费用也走了人情账，这才勉强将成本控制在 3000美元。

　　我特意搜寻到这部时长不到 12 分钟的片子，整部戏只有三个场景，画质和灯光效果也都不尽如人意，唯一给我留下印象的是开场时几个男子在玩多米诺骨牌的手部特写，让我想起李安电影《色·戒》开场时的那一出火光四溅的麻将戏。

电影附带英文字幕，可见导演对于国际市场朴素的觊觎。

"独立电影制作公司的身份应该称作'待合法'。"古巴国际电影电视学院导演系的恩里克·阿尔瓦雷斯老师纠正我。

恩里克是故事片方向的学科带头人，同时也是一位在古巴享有盛誉的中年导演，他曾经在古巴电影艺术与电影工业局工作过，对于这个机构的运作方式很有发言权。

恩里克长着一个鹰钩鼻，眼睛亮闪闪的，仿佛有一点摩尔人的血统。他没有传统印象中电影人特有的傲慢，说话时甚至有一种无辜的神色。

我们踱步在主楼后面的花园小径上，两侧树木茂密，勉强遮挡住哈瓦那盛夏的凶猛日光，只有零星的光点落在我们脚边。远处能看见大片的草坪，再过去是一个露天游泳池，如果能在黄昏时来这里散步一定非常惬意。

"电影局本质上就是一个制片厂，在拍片期间，导演是领固定工资的。"恩里克回忆起自己的 90 年代，他在这个机构里拍摄了《波浪》，这部 70 分钟的电影是他的代表作之一。

"它代表一种传统的拍片方式，也就是笨重的大机器搭配不计成本的制作流程。然而20年过去了，这种拍片方式并没有更新。"恩里克说。

我的脑海中闪现过一头疲惫的耕牛，它在贫瘠的土地上艰难前行。

几个月前，恩里克推出新作《长颈鹿》，在鹿特丹电影节上获得不少好评，这是他职业生涯中第一部独立电影。我很想知道，如果他在体制内是否也能拍出这样的电影。

"这是需要关注的第二个问题，我选择做独立电影并不是因为担心电影局会对题材和剧本进行审查，从而限制我的表达，最主要的原因是我没有办法按自己的方式拍电影。"

恩里克进一步向我解释，如果是在体制内，任何流程都必须按照之前计划的，无论是一个配角演员还是一句台词，不能够有任何即兴的调整和修改。在他看来，这违背了创作的本质，也抹杀了电影拍摄过程中最有趣的一部分。

独立电影的概念最早出现在20世纪中期的好莱坞，当时好莱坞被"八大电影公司"垄断，电影的拍摄必须遵循非常严谨的"制片人制度"，于是一些心怀高远的电影人自筹资金，自编自导，拍出了一些与商业电影截然不同的，也更重视思想性的电影，因此被称作独立电影。

然而，如果粗暴地把这个定义套用在古巴，是否会造成认知上的混乱？例如，一部有古巴电影艺术与电影工业局参与的独立电影到底应该如何定位？

在一些崭露头角的独立电影的简介里，经常会出现"古巴电影艺术与电影工业局参与"的标注，然而参与的方式和程度非常模糊。

卡洛斯·马查多·昆特拉是古巴炙手可热的青年导演，他的两部长片《游泳池》和《世纪工程》都是独立电影。在一次媒体采访中，卡洛斯被问到古巴电影艺术与电影工业局究竟为他的电影提供了什么样的协助。

"电影局帮我们向国营公司争取到了折扣。"

或许采访的记者和我一样露出了疑惑不解的神情，卡洛斯继续解释。

"说白了，拍摄团队在当地的住宿费可以便宜一点。他们有的时候也会允许我们在一些特殊的场地拍摄。"

卡洛斯指的是在拍摄《世纪工程》的时候，古巴政府破例让他们在"核城"取景，那是一个在冷战期间被设计成核武基地的敏感区域。

我渐渐发现，独立电影和古巴电影艺术与电影工业局之间的关系其实非常暧昧，这些青年导演并不排斥自己的作品被贴上官方参与的标签，从某种意义上说，这为他们套上了一个"正规军"的身份，这是各行各业的古巴人竭力追求的。

与此同时，古巴电影艺术与电影工业局也愿意"招安"一些优秀的电影作品。这也是为什么当2013年恩里克和其他资深电影人集体要求与官方展开对话时，古巴文化部给予了温和积极的回应。"电影局应该摆脱制片厂的身份，成为一个管理机构。它应该支持和推广古巴电影，而不是自己去制作。"

恩里克耐心地向我解释为什么现有的体制亟须转型。

"最迫切的是出台一部新的电影法，目前古巴所有和电影相关的法令都是电影局在 1959 年制定的，它们早已经不符合古巴的社会现状和经济形势。新的电影法应该对独立电影人的工作给予认可，同时促成中央政府建立一个电影发展基金，并在这个基础上重新定义电影局的角色和作用。"

对此，恩里克非常有信心，他相信古巴独立电影正处于绿灯将亮的十字路口。再过一年，最多两年，万众瞩目的电影法就将出台。在他的描述中，这仿佛只是一种因果关系，和春天开花、秋天落叶一样自然。虽然当时的我对古巴了解不深，但隐约觉得这个时限过于理想化。

我们沿着洒满光点的石径走回教学楼。一踏上走廊，气温就下降了好几度，仿佛进入了不同的季节。恩里克领着我经过一个长方形的音像制品存放室，玻璃柜里插满了砖块般的老式录像带，似乎从放进去的那一天起就没有再被拿出来过。

房间昏暗，光线被一墙墙的录像带遮挡住了，而在尽头竟然还有一个隔间，是一位老教授的办公室，他的身后贴着几张旧的黑白电影海报。

临别前，接待我们的女老师故作随意地问我，是否能为学院介绍一些来自中国的赞助。我突然意识到，这所"古巴电影的摇篮"也没能从经济衰退的余威中幸免。

古巴国际电影电视学院是卡斯特罗主持建设的三所高等院校之一，也是唯一一所被中央政府撤销资金援助的。目前运营经费主要来自拉美新电影基金会和多个国际机构的资助。

还有一件事情是我后来才知道的，校方因为教学经费短缺而取消了 2013 级的招生，收到录取通知书的 40 名新生要延后一年才能入学，这也是为什么校园在开学季却冷冷清清。

这所原先免收学费的高等艺术学院如今已经没有慷慨的资本，在学校官网上能查到具体的学费标准：如果学生来自拉美，加勒比和非洲地区，每年的学费为 5000 欧元；如果来自其他地区，就要涨到每年 8000 欧元。

然而根据校方的介绍，学费只占到学校每年在学生身上投入的 15%。在 2011 年建校 25 周年的庆祝大会上，时任校长曾经呼吁成立一个国际基金会，使得学校重回学费全免的状态，但很快就没有了回音。

我对女老师说，如果有消息，一定会第一时间联系她。上车前，我在学校经营的商店里买了几样纪念品，包括一把手摇式手电筒，一个帆布书袋，上面都印着红蓝绿拼凑成的圆形校徽。

几天后，我遇到古巴外交部新闻司的一名官员，他问起我在古巴国际电影电视学院的采访经历。我简要地说了一两句，但更想要知道他对于这个问题的看法。

"其实很简单，他们就是要钱。"这个快要退休的老头眯着眼睛说，俨然一副授业解惑的姿态。我想这在某种程度上代表着古巴官方对于独立电影的态度，同时也能窥见独立电影人迟迟没有"被合法"的原因之一。

政府担心国际出资方将会以商业市场为考量，从而影响甚至决定电影的题材，而那些外国人喜爱和熟悉的古巴元素最终将充斥银幕：跳莎莎舞的混血女孩、棕榈树、雪茄、妓女、朗姆酒、移民和带有政治隐喻的剧情。

"当年轻导演发现这一类电影尤其受到国际市场的欢迎时，他们就会有违初衷地一直拍下去。"

作为古巴外交部的官员，他似乎意识到自己并不应该向一个外国记者过多表达自己的观点，于是悄悄地把话题转开，向我推荐起古巴的美食。

他说有一家叫作"守卫食坊"的餐厅，《草莓与巧克力》也在那里取过景。

这家颇有名气的餐厅位于东西走向的协和街，这里离中国城很近，虽然也是哈瓦那旧城的一部分，但远远比不上普拉多大道以东那些游人如织的广场和深巷。

在西班牙殖民风格的建筑间夹杂着带有方形阳台的20世纪70年代的住宅楼，这种气氛的不一致使得宽敞的街道失去了气势，流露出一丝市井味。

餐厅在一栋建于20世纪初的老宅顶层。跨过布满磨痕和污渍的巴洛克木门，中庭里出现一座破旧的，但曲线极其优美的螺旋扶梯，能够容下三个人肩并肩地往上走。

第一级台阶的扶手上矗立着一个半米高的人形雕像，虽然雕像的头部已经不在，但看得出是一个身着长裙的赤脚少女，仿佛站在春风吹拂的旷野中，裙边贴在小腿肚上。虽然雕像的外表已经和楼道的墙壁一样变成废墟般的灰色，但仪态的轻盈依然让人感觉愉悦。

然而我的视线很快就被墙上的革命壁画吸引住了。那是一面摇曳中的古巴国旗，可是创作者似乎过于追求动感，反而把曲线描绘得非常刻意。国旗中央画着一个古巴战士，他头戴宽檐帽，满脸的络腮胡夸张地把军装的领口都塞满了。

我很自然地认为他是卡斯特罗。然而越仔细看，就越觉得不像。如果从胡须的长度判断，似乎更接近英年早逝的卡米洛·西恩富戈斯。然而我又想起大胡子本来就是古巴游击队员的标配，胡须的浓密程度只是一种修辞手法。

我很想知道这面墙的原貌，在革命的惊涛骇浪袭来之前，它画着什么样的风景。然而在20世纪的古巴，任何物品的保质期都很短暂。楼梯的木质原装扶手只坚持到第八级台阶，再往上都是锈迹斑斑的铁栏杆。

这里一定举办过无数觥筹交错的盛大舞会，衣着华丽的女主人站在砌着大理石的休息平台上迎接宾客。革命胜利后，这栋建筑更换了主人，宽敞的水平空间很快就被好几户平民百姓割成了细小的碎块，而奢侈的层高又是无产阶级无福消受的。

二楼是一个开放的大厅，但有五根罗马柱将它隔成两个空间。墙壁和天花板上残留的黄色应该是最初的颜色，而所有齐腰高的部分，无论是栏杆、墙壁，还是圆柱的底座，都被涂成浅浅的艾绿色，虽然已经褪色，却有一种复古海报的质感。

有人在圆柱之间系上了红色的晾衣绳，上面夹满了款式相同的白色毛巾和桌布。可以想象在上午的时候，光线会从阳台斜射进来。

餐厅的入口很小，一走进去是一条狭长的走廊，它连接着几个虚掩着门的房间和一个面积中等的客厅，客厅里摆放着几张铺着白色桌布的正方形餐桌。

我一开始以为这里是原主人的私人起居室，后来发现客厅边上有一个通往阁楼储藏室的小木梯，而且地板上铺的是画着八瓣花朵的墨绿色瓷砖，并没有喧宾夺主的高调。这里应该是佣人们准备餐点的厨房。

墙上挂满了大大小小的相框，是这家餐厅接待过的名人顾客的留影。我匆匆扫了一眼，只认出西班牙王后索菲亚和几个并没有让我很兴奋的演员。

然而当我在一张靠墙的餐桌入座后，突然在身旁的墙上发现了一张阿莫多瓦的照片，标志性的黑乌鬓发。我无法推断拍摄这张照片的时间，但阿莫多瓦最广为人知的一次古巴之行发生在 1994 年。在长达两周的行程中，阿莫多瓦见到了古巴电影艺术与电影工业局的官员，并表示自己想要拍摄一部古巴题材的电影。

　　然而这部电影并没有出现，更让人不解的是，阿莫多瓦对卡斯特罗政府的态度也在短短几年内由善转恶。

　　餐厅的伙计们一身黑衣打扮，他们说晚上的客人多，会把所有的房间都打开。趁厨房还在准备午餐，我走进其中一个房间。几张餐桌歪歪斜斜的，没有铺上桌布，能够看到桌面上烛台留下的圆形蜡印。

　　插着白色长条蜡烛的哥特式铁烛台都被放在窗台上，它们似乎从来没有被清理过，熔化过的蜡油一层一层地堆积在一起。像是结冰的瀑布，也像是卡通片中淘气的鬼魂。

餐厅里挂着《草莓与巧克力》的剧照

第四章

飓风掠过蔗田

奥巴马比劳尔·卡斯特罗高出一个头，不过当两人并肩出现在革命宫的联合记者会上，再偏执的摄影师也不会注意到这个细节。

据说为了能见证一位美国总统现身古巴，有些外国记者毅然在哈瓦那安家，直到双鬓斑白也没能如愿。然而离讲台只隔三排座位的我却被一只皮鞋弄得心神不宁。

皮鞋的主人是克里。奥巴马政府里的国务卿常有一种怯懦而不甘的复杂气息，这或许和他们曾是失败的总统候选人有关。

在奥巴马出场前，克里领着美国代表团的成员在第一排就座。几乎从那一刻开始，他就跷着二郎腿，轻轻地晃起脚来。即使当奥巴马故作随意地诵读出精心撰写的段落时，克里的脚也没有静止下来，仿佛用鞋尖在空气中一遍遍地誊写同一个字。

候场的时候，劳尔此时的位置上站着另一个劳尔。准确地说是"小劳尔"，至少古巴官员都这么称呼他。这个身材彪悍的80后是劳尔的贴身保镖，不过要赢得这个特殊的岗位，再身手不凡都是不足够的，一定还需要其他的优势。

"小劳尔"的优势是血缘，他是劳尔的外孙。

也因为这层关系，欧洲的时政记者一度抱怨连天。2016年劳尔出访法国的时候，他们总是拍不到这位古巴稀客的单人照，因为紧随其后的"小劳尔"从不避让。唯一的妥协发生在爱丽舍宫，他不顾总统府士兵的阻拦，径直冲到劳尔的身旁，时任法国总统奥朗德不得不向他比了一个退后的手势。

然而我第一次注意到他是在2014年的夏天。那时候我在古巴东部的圣地亚哥市报道中国领导人来访，其中一站是赛斯佩德斯公园边上的市政府。这栋西班牙风格的白色建筑可以追溯至16世纪，几乎重叠了美洲大陆的整部殖民史，但它更显赫的事迹发生在1959年。那一年元旦，卡斯特罗在二楼阳台上宣布了古巴革命的胜利。

"小劳尔"先下车，他戴着一副黑色墨镜，上身是白色的瓜亚贝拉衫。在绕到另一侧帮外祖父开车门的同时，他环顾四周确定现场的安全。然而在矫捷的身姿中有一种自知感。他意识到自己正在被看，并且乐于其中，而似乎又没有影响到他的专业度。这将他和在场的其他保镖区别开来。

不过出现在古美元首记者会上的"小劳尔"展现出更轻松的一面。他摘掉墨镜，露出一双细长、向两边略微下垂的眼睛。再愚钝的人也能从中识别出劳尔的五官轮廓。

在等待来宾入座时，他还抽空和美国代表团的女副官搭讪闲聊。反古媒体总是热衷于刻画"小劳尔"放荡不羁的生活作风，全然忽略他也只是一个典型的加勒比小伙。

对于一个长期报道古巴的驻外记者来说，能够身处如此罕见的新闻现场实属幸运，然而我丝毫没有预料到从业生涯最大的遗憾正在前方埋伏着。

记者们一早就被告知会有媒体提问的环节，但奥巴马用"空军一号"运来了豺狼饿虎般的白宫记者团，再加上挤爆哈瓦那的国际媒体大军，我并不奢望能抢到话筒。

可是当记者会正式开始后，我突然意识到自己被点名提问的可能性很大。倒不是提问的名额增加了，而是因为负责点名的主持人是我的相识。当劳尔的发言即将进入尾声时，我终于和站在讲台边上的他对视上。我微微用手指了一下自己，他向我眨了眨眼。

这让我心中一阵雀跃。虽然我从不认为这种对话对于了解新闻真相有任何实质的帮助，但同时能向古美两国最高元首提问的经历对于任何一个新闻从业者来说都是一种极大的荣誉。当然，个人虚荣的成分更多一点。

这位掌握着"生杀大权"的主持人是古巴外交部的一名新闻官。古巴外交部凭借他们朴素的认知将外国媒体划分为欧美和亚洲两类，对应的新闻官和口径也各不相同。这位新闻官主要负责欧美媒体，而我又不住在哈瓦那，所以原本并没有交集。

2015年在巴拿马举行的美洲峰会创造了机会。美洲峰会最早是由美国发起的，但在过去十几年里它已经摇身变为反美大会。屈指可数的突发新闻也净是些海军陆战队在峰会举办地召妓的花边。

然而"运河之国"是一个例外。古巴第一次被允许重返峰会，这意味着无论从时间，还是空间的角度上看，劳尔和奥巴马都有了正面接触的可能性。虽然他们之前已经在曼德拉的葬礼上有过短短数秒的交谈，但自从古美展开外交谈判后他们还没见过面。

现在回想，直至两人对谈的直播画面出现在电视上，官方的行程表上都未曾白纸黑字地列出这次会面。然而这并不妨碍媒体的排兵布阵，除了具体时间无法提前知晓，没有人怀疑它不会发生。毕竟，这是峰会的唯一亮点。

我提前几天抵达巴拿马城。这座城市一年四季都潮湿闷热，但无论是出差还是短暂中转，我一向热衷在这里停留。每当机窗外闪现出铁灰色的天际线和堤岸淤泥时，我的心中就会浮现出一丝近似乡愁的情绪。它有一种实干而爽朗的气质，并不像一座典型的拉美城市。

为了获得更多古巴代表团的独家消息和花絮，在哈瓦那记者站的接洽下，我和古方先遣团的几位新闻官见了一面，其中一位就是元首记者会的主持人。

结果可想而知，他们对劳尔的行程讳莫如深。不过见面三分情，何况还是在古巴以外的国家。几天后，当我和一大屋子的记者挤在峰会会场对街的酒店里时，这个优势就体现出来了。

那是古巴外长罗德里格斯的记者会。没有提前通知，大多数人估计和我一样都是临时听说的。我们堵在一个小型会议室的入口，靠着高喊自己代表的机构名称以希望得到入场资格。"中国中央电视台的记者进来吧。"把守的人把我放进去。

　　当劳尔和奥巴马见面的照片出现在手机屏幕上，我们已经在会议室里苦等了快两个小时。因为座位都被占满，此时的入口处也不再有限制，只要能找到站立的空间就行。摄像扛着三脚架进进出出，犹如工蚁的黑色触角。

　　和我一起抢到前排座位的记者们都有些年纪了。坐在我旁边的银发女记者递给我一张名片：《时代》杂志的记者。我提及读过她写的一篇关于卡斯特罗胡子的报道，60 年代的美国风靡过一种做成游击队员胡子的玩具。她听了很是开心。

　　在等待的过程中，我发现记者会的主持人就是几天前刚见过面的古巴新闻官。我上前和他打招呼。

　　"能给我一个提问机会吗？"我并不抱希望。

　　"你第三个吧。"他微微点头。

　　果然，当罗德里格斯终于出现在会议室时，我被点名了。在我前面提问的是古巴党报《格拉玛报》和美联社。

　　"劳尔·卡斯特罗和奥巴马的这次会面意味着古巴开始相信美国了吗？"我用西班牙语问罗德里格斯。

　　这也是为什么当身处古巴革命宫的我接收到主持人的示意时，原本非常缥缈的想法瞬间变得立体起来。更可怕的是，当一个人产生了得到某物的念头后，就开始担心失去它。

CNN 的白宫记者吉姆·阿科斯塔得到第一个提问机会。他当时还未晋升为白宫首席记者，但"霸屏"的程度已经足以让我能够当面认出他。

"您会邀请劳尔·卡斯特罗访问白宫吗？您为什么不和菲德尔·卡斯特罗见面？"

正当奥巴马准备开口时，阿科斯塔转向劳尔。

"卡斯特罗总统，为什么古巴还有政治犯？另外，您更希望谁成为下一任美国总统？希拉里还是特朗普？"

阿科斯塔是古巴裔，据说他的父亲在古巴导弹危机爆发前的一个月随家人移民到美国。所以阿科斯塔在一切和古巴相关的议题上都有一种宿命般的愤怒。

这样的提问策略也让奥巴马的回答变成一种暖场。如果不是回看了白宫的文字实录，我根本不记得奥巴马说了些什么。他话一说完，所有人都看向了劳尔。

"我想要知道，你的问题是给奥巴马总统还是给我的？"劳尔说。

奥巴马提示第二个问题是给劳尔的。

"你可以再说一次吗？你问古巴是否有政治犯？"

阿科斯塔于是把问题又重复了一遍。

"给我一张古巴政治犯的名单，我立刻就把他们都放了。只要你给出名字。你也可以等记者会结束后再给我，我今晚就把他们都放了。"

劳尔生气了，他的脸绷得紧紧的，以至于紧接其后的古巴记者的西班牙语提问他都没听进去。

"我听不清楚，请再说一遍。"

可是当记者刚重复了最开头的部分，劳尔又径直回答起来。他提到了环境保护、流行病的防治。也许连他自己都觉察到有些跑题，于是匆匆结尾。

"怎么都是问我的，应该多问问奥巴马总统。"

我瞥了一眼主持人，他的脸色很难看。其实当阿科斯塔刚喊出"卡斯特罗总统"的时候，我就预感不妙。因为这意味着每个被点名的记者都能一次性问出好几个问题，从活动流程的角度上看时间被压缩了。

但真正具有毁灭性的是问题本身，如果他只是为了羞辱和激怒劳尔，那么已经达到目的。我仿佛目睹沙滩上的城堡被一道海浪冲垮了。

奥巴马尴尬地笑着，但我隐约觉得他很享受这种失序。他宣布只会再点名一位记者。这一次是 NBC 的资深时政记者安德烈亚·米切尔。没想到米切尔在说完自己的问题后，突然又额外加了一道题给劳尔。

"卡斯特罗总统，您自己决定是否回答这一题吧。"奥巴马意识到劳尔有些犹豫，"安德烈亚·米切尔是美国最受敬重的新闻工作者之一，她会很荣幸得到您的简短回答。"

奥巴马和劳尔联合记者会，右下角举手提问人为作者（照片来源：白宫）

劳尔叹了口气："我希望大家理解记者会是有一个固定的流程。如果我一直待下去，你们会问我 500 个问题。奥巴马总统其实已经把你的问题回答了一半，那我就完成剩下的一半。"

公平地说，劳尔的回答是充分和坦诚的。他说国际组织将人权问题细分为 61 项指标，有的国家完成了一部分，有的国家完成了另外一部分。在古巴，医疗和教育是最被看重的人权，而有些国家根本不这么认为。因此，把人权问题政治化是不公平，也不正确的。

"不应该如此笼统地问我古巴政治犯的问题，不然就给我政治犯的具体姓名。记者会到此结束，感谢你们的参加。"

我有些意外劳尔在记者会的结尾又回到了这一个话题上。不过台下的记者们并没有放弃，呼喊着再问一题。热衷于炮制冲突场面的美国西语主播乔奇·拉莫斯差点没冲上去。

一直到两位总统的身影从侧门消失了，记者们才彻底放弃。很难说在意犹未尽和不欢而散之间，哪一种气氛更多一点。

不少人拿着手机在主席台上自拍，上面竖立着古巴和美国国旗。这时我才注意到会议厅的正上方镶嵌着墨绿色的大理石，垂直延伸的视角让它拥有一种肃穆感。

我们被催促着坐上离开的巴士。白宫记者团单独坐另一辆。阿科斯塔从车窗外一掠而过，他的西裤上布满了折痕。

上一次有美国总统到访古巴还是 1928 年的卡尔文·柯立芝。不过要是想为奥巴马的哈瓦那之行溯源，倒也不必追寻到那个时候。

这一切是从 2014 年 12 月 17 号开始的。无论多么重大的突发新闻，其实连当事人都很难说清真正的起始时间，而更倾向于把公之于世的那一刻作为界限。

17 号是一个星期三，一周七天中最难熬的时刻。然而年终已至，圣诞和新年假期即将开启，所以这一天也比往常来得更慵懒。领导原本希望我去哈瓦那值班，因为常驻当地的同事请了事假，而无人留守在古巴又是一件风险颇高的事，毕竟岛上那位所向披靡的游击队员已如风中残烛。

2014 年是拉美地区的新闻旺季。单是巴西世界杯就忙活了好几个月，中途还推出了反响热烈的里约贩毒集团调查，紧接着又是金砖峰会和拉美四国的高访报道，而在秘鲁举办的气候峰会又一直拖到 12 月中旬才结束。再敬业的新闻工作者也会有体力和精力同时透支的时刻，虽然办好了古巴记者签证，我还是决定年后才去古巴。

盛夏正向南半球逼近，生活在钢筋森林般的圣保罗，没有什么比待在冷气强劲的办公室里更惬意的事了。我去茶水间泡了一杯意式浓缩咖啡，刚走近工位，就发现其他人正抬头盯着电视。

新闻编辑室的电视机都是犹如灯笼一样悬挂在天花板上。

我顺着同事的目光看过去，屏幕中有一个人正缓缓地从飞机上走下来。镜头推上去，那是一个年过六旬的老人，稀疏的白发，戴着一副黑框眼镜。新闻标题为"古巴释放阿兰·格罗斯"，还没等我反应过来这个人是谁，画面已经切成了劳尔和奥巴马的讲话。奥巴马在白宫西翼的内阁室，劳尔在哈瓦那的元首办公室。

无论是前者的英文，还是后者的西班牙语，从电视机里飘出的词汇既清晰又模糊。他们使用的都是"大词"，例如"双边关系""正常化"。从专业翻译的角度上看这种词都是最简单的，很少有一词多义的可能性。可是当这些词组合成句，并用来形容古美关系时，再资深的国际新闻编辑也无从下手。

两国元首宣布"寻求关系正常化"，这究竟是什么意思？难道古巴和美国要建交了？可是对于这两个地理上离得太近，仇恨却过深的劲敌来说，"关系正常化"的含义实在有些宽泛。或许美国要撤销对古巴的经济制裁？然而"寻求"这个动词又把所有的揣测和解读都推翻了。

阿兰·格罗斯其实是一名美国间谍。2009 年他在古巴落网，罪名是从事"赫尔姆斯－伯顿法"资助的项目，这个由克林顿在 1996 年签署的法案旨在推翻卡斯特罗政府。即使格罗斯被查出非法携带军事级别的通信设备进入古巴境内，美方始终否认其间谍的身份。

不过根据奥巴马在电视上的表态，美国也将交换出三位古巴特工，以此作为对阿兰·格罗斯获释的回应。这不仅实锤了阿兰·格罗斯的真实背景，还说明他具有颇高的情报价值。

文豪奈保尔从不忌讳自己在认知上的空缺，他坦言写作的过程也是学习的过程。这样的理解也适用于新闻工作，报道即学习。然而很多时候，没有什么比感官体验更能唤起记者的本能。

"阿兰·格罗斯事件"发生在我常驻拉美之前，这多少解释了我对这个名字的陌生，而"古巴五人"风波虽然出现在更早的 20 世纪 90 年代末，但我对这个词有一种生理上的亲近。

那是我第一次踏足古巴时偶然路过的一场声援大会。舞台搭建在哈瓦那海滨大道旁的反帝广场，正对着当时还未升级为大使馆的美国驻古巴利益代表处。虽然古巴外交部新闻司一直鼓励外国记者前往报道，但活动举办的频率过高使得仅存的象征意义失去了新闻价值。

7 月底的哈瓦那正值酷暑，我和几个常驻当地的同事步行到海堤上吹夜风，这是哈瓦那人廉价但有效的消暑方式。平日里车来车往的海滨大道因为当晚的活动临时封路，我们因而有机会踩着马路的中线往前走，犹如凯旋的士兵。

一经过 15 街的岔口，反帝广场上巨型音箱发出的声响就像潮水般袭来，而被移动光柱打亮的人群又仿佛流入海洋中的炽热岩浆。

1990 年，五个古巴特工潜入迈阿密，在当地反古分子密集的社区搜集情报，以此阻止针对古巴的恐怖破坏活动。8 年后，"古巴五人"的身份暴露，美方以间谍罪的名义将他们逮捕，其中三人甚至被史无前例地判处终身监禁。

响彻夜空的口号声中突兀地重复着一句英文："击个掌。"这其实是一个颇具创意的双关语，用"五指"比喻"五人"。

虽然劳尔和奥巴马都还没有宣布下一步的日程安排，但古巴瞬间占据了全球媒体的头版。各大新闻机构也都一档又一档地连线自己在哈瓦那的常驻记者，绘声绘色地描述这历史性的一刻。虽然他们也是从电视上看到的。

辖区的领导自然有些惋惜，毕竟记者站在古巴深耕多年，到了关键时刻却开了空窗。然而在这件事上我从未自责，新闻本来就是遗憾的艺术。现在回想，当时的我或许已经意识到它会延伸为一条长线新闻。重要的不是见证开头，更不是结尾，而是一步步伴随它的发展。

我拿起电话预订了隔天飞往哈瓦那的机票。

"先生，我们马上要关闭舱门了。"巴拿马航空的空姐催促着。

我一只脚踩在机舱内，另一只脚踩在登机廊桥上，双手握着手机，仿佛虔诚的香客。中转的托库门国际机场是我在哈瓦那找到网络之前唯一能自由上网的地方。虽然飞机紧挨着航站楼停靠，但机舱内已经接收不到机场的无线信号。

"我马上就要起飞了，你联系上埃里克了吗？"我焦急地发出微信。埃里克是我们长期雇用的古巴摄像，一确认行程，我就开始给他打电话，但从未接通。此时唯一的希望就是让圣保罗的同事帮我传话。

直到飞机离开跑道，我都没有收到任何回复。

2014 年的古巴还没有移动网络，我在岛上唯一能上网的地方除了记者站的办公室外，就只剩零星几个高价出售无线上网卡的星级酒店。网络的不便给预订住处也带来麻烦。美国的经济制裁导致大多数的国际旅游网站都无法预订古巴的酒店，前两次来古巴都是靠当地的同事提前安排的。

如今到古巴采访的记者已经很难体会到那些年后勤上的困难，它们曾像细小的白蚁啃食着我的耐心。

圣诞节是古巴旅游业的旺季，虽然海水已经很凉，但对于搭乘直飞航班来加勒比过冬的俄罗斯和加拿大游客来说，这样的温度堪称完美。他们在寒带老家缴纳的暖气费也足以支付哈瓦那的旅游开销。所以大多数酒店早在几个月前就被预订满了。

我跑了好几个地方才终于在 21 街上的卡普里酒店找到一间空房，但只能住两个晚上，因为房价是浮动的，往后几天已经是圣诞节，房价严重超过出差预算。我又咬牙买了一张上网卡，一个小时的上网费大概是 5 美元。

在西半球报道突发新闻有一个时间上的优势。因为它一般发生在当地的白天，节目制作回传后正好能在中国的上午播出。然而也存在风险，有的时候拍摄拖得太晚，再加上写稿剪片的时间，就只能攒到北京时间新一天的晨间栏目。

飞机是在下午 2 点半抵达何塞·马蒂机场的，我盘算着如果能在天黑前完成拍摄，就能够在同一天回传第一条报道，长途飞行花费的时间就可以忽略不计。可是当我办好酒店入住，连上网络，和摄像碰面，再去办公室取摄像机后，已经是下午 5 点多。

"我们去拍些什么？"埃里克身穿红色的 T 恤衫，还戴着一顶红色的棒球帽。

"'查粉'，带我去一个菜市场。"我拿他的穿着打趣。

北半球 12 月的日落来得很早，路面上已经印满斜长的影子。有的是人，有的是老爷车。它们的影子交错在一起，又迅速分开。上一次来古巴也不过是三个多月前，但季节的更迭比变心的恋人还要无情，一件长袖衬衫已经抵挡不了寒意。

采访没有完成。我原打算找一个集市，不但人多，还能讲讲禁运背景下的古巴经济。可是来得太晚了，唯一还在营业的只有一家肉店。店主正在完成一天中最后几单生意，方形的木桌上摊着好几块猪肉。台面上的血渍已经干了，暗暗地发黑。

我让店主讲讲美国的经济封锁对他们的日常生活有哪些影

响，又问他如何看待古美外交关系的破冰。不知道是问题太宽泛了，还是他着急打烊，或者两者兼有，只见他手里拽着几张脏脏旧旧的纸币，害羞又紧张地笑着。当他终于开口了，吐出的单词又言不达意，似乎在等待我把它们连成完整的句子。

我最终作罢，只是拍摄了几个肉店的空镜头。

埃里克开着他那辆破旧的白色拉达穿行在哈瓦那的老城区。余晖将街道铺成一片金黄色，光线照不到的地方已经一片深蓝。我们仿佛置身一艘小船，在错综复杂的河道中航行。

古巴和美国相隔佛罗里达海峡，最窄的地方只有 145 公里。每当天气晴朗的时候，我总幻想能一眼望见基韦斯特的轮廓。可惜这座城市坐落在一块平坦的珊瑚岛上，只要一条细细的海平线就能将它完全遮挡住。

除了天然的屏障外，两个国家间还隔着一道人造樊篱。1962 年，时任美国总统肯尼迪在偷偷囤足了 1200 支古巴"乌普曼牌"雪茄后，签署了对古巴实行经济、金融和贸易禁运的法令，以此在古巴社会制造"饥饿、绝望和痛苦"。

我总觉得肯尼迪的小心思给他带来了厄运，即使是日均一根雪茄的消耗速度，他在命丧达拉斯前也没能享用完那一批存货。

按照古巴外交部的算法，美国禁运对古巴造成的经济损失一年就达到 47 亿美元。关于这个数据的具体大小，从官方到民间都有很多个版本，然而得出一个准确的数字并不是我远赴古巴的目的。相反，我希望能更好地观察古巴人的日常生活，这种体验越主观越好。因为一旦记者的感知不够立体，客观和盲目常常只有一线之隔。

清晨的哈瓦那有一种恬静而舒展的气氛，仿佛一夜好眠的人刚刚醒来，没有丝毫戾气。大多数海岛城市都给我留下这种印象，也许来自海洋的潮气在夜幕的掩护下一遍遍洗刷着宽街窄巷，而当日出东方时，市井的污浊立刻随水汽一起被蒸发掉。

离圣诞节不到一个礼拜，古巴人都忙着采购。埃里克载着我去老城区的一家国营商店。虽然街道空旷，但他并没有把车停在店门口，而是泊在一个邻近的街角。

与其说是商店，它更像是一小间旧仓库。一踏进去，就能闻到谷物和陈旧木柜混杂在一起的气味。这种气味是我熟悉的，生于 20 世纪 80 年代末让我赶上了供销社时代的小尾巴。在童年记忆中，顾客和商品之间总隔着玻璃柜台和阴晴不定的售货员。

"我来这里领'菜篮子'。"一个棕皮肤男子向我晃了晃手中的塑料袋，他戴着一顶黑色的棒球帽，如果不是因为有白发从帽檐窜出来，我会以为他是一个中年人。

"菜篮子"的含义在各种语言中都是通用的。我让他敞开袋子，有意大利细面，黑豆和大米。和巴西一样，古巴人也把煮熟的黑豆浇在米饭上当主食。

售货员身后的货柜有 2 米多高，不过几乎都空着，只有和视线平行的这一层摆放着样品。每一个类别都只有一件，下面附着一张标有价格的纸片。一包意大利细面是 0.8 土比索，一包咖啡是 4 土比索。这样的价格显然有政府补贴的成分，但大多数商品也都是淀粉类食物。

粮店的角落里放着一台体积颇大的老款收银机，看样子已经报废，锈迹斑斑的钱箱还被整个拉出来，仿佛一只开膛破肚的动物。五颜六色的键盘倒是保存得很完整，单是从摁键数量上看，就知道它一定见识过古巴配给制度更加阔绰的时期。

欧美人习惯给配给制打上意识形态的标签，然而资本主义国家如美国，在二战时期也向国民发送过配给券，从吃的肉到穿的鞋都有严格限制。英国的配给时期更长，一直到 20 世纪 50 年代初才全部取消。

古巴的配给制从美国宣布禁运的那一年开始。每个家庭都有一个副食本，凭本低价购买食品和日用品。中国人自然也有粮票的记忆，然而与之剥离的漫长过程是我们没有经历过的。

2008 年，刚转正不久的劳尔公开批评食品配给体系是"家长式的，不合理和不可持续的"。那时的古巴历经了全球金融危机的洗劫，这使得每年为配给体系花费 10 亿美元的卡斯特罗政府更加捉襟见肘。果然在一年后，古巴政府放出了废除"粮本"

的风声。

然而改革的步伐相当缓慢，全然不像一个蹒跚学步的孩童，反而有一种老年人才有的蹒跚之感。每隔一段时间，某种物资就从蓝色的小册子上消失了，最早是香烟，接着是香皂、牙膏等个人清洁用品。即使是必须保留的基本食品，配给的数量也会减少。例如从 2013 年 7 月开始，每月的鸡蛋供应从 10 个减少到 5 个。

"我也可以去自由市场上买东西，但是在国营粮店里要便宜很多。"一个约莫 50 岁的妇人在我们身旁说。她一头卷曲干燥的金发，同样干燥的脸上没有化妆，但描了眉毛。

我想和她多聊聊，但她左躲右躲，不想在镜头前多露面。等店员一准备好东西，她抓起袋子走掉了。

大概是从那一次古巴之行开始，我领会到在一个对媒体没有那么亲近，甚至有些冷漠敌视的环境中，需要快速地获得采访对象的第一反应。这个过程拖得越久，对方的抵抗心理就越强烈。

后来每逢在哈瓦那采访，我都让摄像准备一个套着防风罩的枪式麦克风。我把它随意握在手里，在看似闲聊的过程中就完成了拍摄。这种方式能尽量模糊采访的形式感，也避免给对方带来过多镜头的压迫感。

🌀 🌀 🌀

我原本计划去郊外的一个蔬果批发站，据说那里顾客最多。可是当我经过 19 街一个半露天的市场时，立刻被吸引了进去。

最先淹没我的是鼎沸的人声，即使古巴人习惯把西班牙语里的清辅音"s"吞得一干二净，也并不影响他们从喉腔的各种位置发出鸣振。紧接着是热带蔬果浓郁的气味，两边的柜台塞得快溢出来。穿行其间，你的手肘会蹭上木薯的白屑、青蕉的黏汁，时不时还会被菠萝的尖刺扎到，然后马上又会被菜叶上的水珠沾湿。

然而如果你是一个古巴人，在被菜价的标签消磨完眼神之前是不会注意到这些的。这样的菜市被称作合作社市场，食材的新鲜和丰富是靠定价上的自由来保证的。

"我们把蒜剥干净了，然后分成小包来卖。"戴着棒球帽的黑人小伙刚剥完一小碗的蒜瓣。他手指粗短，但每一个蒜瓣都剥得光洁完整。

"这一袋卖 5 比索。"他捏起一个半开口的透明塑料袋，我大致数了一下，里面装着十个蒜瓣。

即使对古巴人的经济能力一无所知，也多少能从大蒜的零售方式中看出端倪。很显然，一整颗蒜的市场价格已经超过普通民众的购买力。

"古巴人买不起蒜了。没有蒜，饭菜要怎么做。"他说。我想起古巴私营餐馆里的招牌菜，像是蒜香煎虾、蒜香鸡，都是拿蒜做主味。

大蒜的收获期一般在夏季，但在古巴，11 月中旬还能最后收成一次。不过这一年各地的蒜都种得不好，甚至上了新闻，所以年终市场上的蒜大多是农民的囤货，价格也水涨船高。

"太贵，太贵，太贵了。"一头白发的老太太卖的是番茄，她一口气重复了三遍。

我请她解释一下。

"进货价就已经很贵了。农民卖出一个价，经过中间商一个价，我们卖出又一个价。菜到了顾客手中，已经过了三道关。"

我对中间商的身份非常好奇。无论卡斯特罗兄弟中哪一位在任，都表达过严惩中间商的决心。在 2000 年 12 月的一份旧报道里，官方曾经给中间商下过定义："中间商通常生活在市区，安排运输和销售，也负责相关文件和税。"

然而这种定义已经不适用于如今这个范畴更广的合作社阶段。千禧年的时候，古巴政府只允许农民在完成政府额度的前提下把富余的产品直接卖给顾客，任何形式的中间商都是"黑工"。如果依然沿用十几年前的判断标准，恐怕市场里的商贩都脱不了干系。

常驻古巴二十载的乌拉圭记者费尔南多·拉文斯博格就在他的网络专栏《古巴来鸿》里打趣过："运也是农民，卖也是农民，那到底谁在种地？"

这个专栏被不少外国记者看作古巴动向的指南针。在同一篇文章里,拉文斯博格继续为中间商抱不平:"那些有车的人去农村拉货,一回城就被当作毒贩来对待。"

中间商左右价格的现象肯定是存在的,不过很难完全归咎于唯利是图的商人本质,还是自由经济的天然作用力。

劳尔不止一次在工作讲话中表示要打击中间商,然而他的对策是继续给水果和蔬菜定价。这么一来,普通人就更难获得品质优良的农产品。因为在限价的推动下,只有在商业市场,甚至"黑市"里才能见到好货。

"我希望新年新气象。"卖蒜的黑人小伙说。

"至少菜价能降下来。"他又补了一句。

我听到了潜台词。只有古巴和美国改善关系,和全球第一大农产品出口国做邻居的优势才能体现出来。

然而只要稍加留意就会发现,愿意在这里花高价买菜的很多都是私营餐馆的后厨和生活在哈瓦那的外国人,平常百姓只有在领到薪水或者侨汇时才来这里打打牙祭。除非美国撤销经济制裁,否则外交上的回暖只会给这个耕地面积极其有限的岛国增添更多的外国游客。

到了时候,游客会和古巴人争抢食物吗?我在心里暗暗琢磨着,全然不会料想到一年多后,蜂拥而至的外国旅行团和我争夺起宾馆房间。金额固定的采访经费抵不过水涨船高的房费,我显然是输的那一方。

1963 年，瑞士大使馆使用中的大楼

如今的利益代表处

🌪 🌪 🌪

即使对粗野主义建筑情有独钟，我也无法阻止自己将美国驻古巴利益代表处扔进最丑建筑名单。

从哈瓦那老城区坐车沿着海滨大道一路向西，你会看见连绵的西班牙殖民风格小楼，拜海风侵蚀所赐，它们沉浸在一种如废墟般易碎而优雅的气氛中。国家饭店的空中庭院是一个分界点，经过那块略显突兀的巨大山石，几栋带有20世纪后半叶轮廓的楼房晃入视线，它们并不美，但可以被理解。在很多日益富裕的发展中国家，这些建筑被认为是城市化的缓冲地带。突然间，一个竖满旗杆的广场出现了，当你还在视觉中枢传递这个有些费解的场景时，利益代表处的大楼接踵而来。

初来乍到的访客都会在车开过的那一瞬转头仰望，仿佛被一条看不见的线牵引着。当回过头时，眼前只剩一片蓝色。大楼建在海岸线的一个折角上。

利益代表处的设计公司是大名鼎鼎的哈里森与阿布拉姆维特兹事务所，这个总部位于纽约的建筑设计公司擅长打造办公楼，矗立在曼哈顿东河畔的联合国总部就是他们的作品。

这么一想，哈瓦那这栋七层高的办公楼的确带着点联合国总部的影子。密集的玻璃窗、长方体，犹如两个体型迥异的亲生手足在眉眼间的相似。

然而不知为何，我始终觉得它是丑陋的。这其中并无意识形态的影响，粗野主义建筑特有的层叠和几何递进在这里呈现出一种牢狱般的局促感。楼房的侧面又是封住的，只在朝海的那一端开了一个比例怪异的阳台，犹如附着在脸上的肉痣。

容颜的缺陷常常可以用角度来弥补。我一次次从不同的位置观察它，试图领会设计师的心思，最终发现它最美的角度是在 20 世纪 50 年代的黑白照片里。

"二战"结束后，美国政府在世界各国建造了极具现代感的使领馆，以此激发当地人对美式繁荣的向往。如同粗野主义适合体积更加庞大的建筑，审美上的错位也预示着"美式民主"在古巴的水土不服。

卡斯特罗刚上台时，古巴和美国经历过短暂的"蜜月期"，犹如两个刚成为邻居的家庭，处于一种客气和互相试探的阶段。1959 年 4 月，卡斯特罗甚至被邀请去对岸做客，在 11 天的时间里访问了纽约和华盛顿。

很难说是出于傲慢，或者心有戒备，时任总统艾森豪威尔以打高尔夫球为由给卡斯特罗开了一张"雨票"，只派出副总统尼克松接见他。相传尼克松在长达 3 个小时的会谈中训诫卡斯特罗不要走共产主义的"歧路"，态度相当傲慢。

卡斯特罗的美国之行不但没有让两个国家更加亲近，反而像两块摆错方向的磁铁一样互相弹开。返回哈瓦那后，卡斯特罗开始对古巴经济进行国有化改造，从内陆的农场到首都的希尔顿酒店，美国在当地的投资陆续被收归国有。几个月后，苏联向古巴抛出了橄榄枝，除了派部长会议第一副主席米高扬访问哈瓦那外，还快速地恢复了外交关系。

从那以后，美国彻底将古巴归类到敌人的阵营中。它先是大幅度削减古巴最主要出口商品蔗糖的购买量，之后又将出口古巴的商品种类限制为有限的食物和药品，俨然是禁运的雏形。

和两个邻居的交恶一样，造成 1961 年美古断交的原因是琐碎的，一件卷着另一件螺旋下行，但最直接的导火索是卡斯特罗要求美国国务院将美国驻古巴大使馆的员工数量减少至 11 人，和古巴驻华盛顿的外交官人数持平。艾森豪威尔一气之下宣布和古巴断交，把所有外交官撤回了美国。刚竣工不过 8 年的使馆大楼只好摘了牌子。

我通过百叶窗的缝隙向外望，利益代表处仿佛被切割成一个个长条。狭窄的人行道上排着队，十几个人左右，他们是预约办理美国签证的古巴人。一队人进楼后，利益代表处的古巴籍员工就会领来另一队人。

环绕着利益代表处的马路上有一条隐形的戒严线，如果在未经许可的情况下试图走向大楼的那一侧，身穿浅蓝色衬衫的古巴警卫就会立刻吹哨阻止。即使在马路的另一侧拍摄也有讲究，镜头不准朝向大楼。每当需要拍摄有利益代表处为背景的记者出镜，我们只好跑到海滨大道上。

这个用套房改造的店铺正对着大楼的南门，虽然在临街的一楼，但又下沉了一米多，所以即使在白天也得开灯。我第一次来哈瓦那采访时就注意到这个如同洞穴般的地方，但从来没有进来过。

在世界上的大多数城市，美国使领馆附近的商铺总是和拍照、咨询的服务有关，这家小店也是如此。店门口挂着一张红底白字的招牌，上面的业务介绍简明扼要：填写各种表格可找芭芭拉，立等可取的签证照片可找雅尼尔。

然而接待我们的是一个叫作克里斯蒂娜的中年女子，她穿戴大方，一件枣红色的、印满菱形的连身纱裙巧妙地遮掩住略显臃肿的身材。圆形的吊坠耳环是花朵的样式，和胸前的项链是一套的。她的五官倒是小小的，凸显出宽阔的额头。

克里斯蒂娜很热情，丝毫没有普通古巴人面对外国记者时的拘谨，这也许和她的职业有关。她耐心地向我们介绍业务范畴，除了在线填写签证申请表外，还会传授一些面签的技巧。

"我们有最佳的位置。"她说。

离利益代表处仅几步之遥，这的确是难以替代的优势。然而她指的位置并非地理上的。

"这里接得上网。"克里斯蒂娜一副得意又故作神秘的表情。

她含糊地解释了一番，大概是某个能在私人住所安装网络的人把名额租给了他们。我本能地产生了很多疑问，例如协议的金额，向第三方提供网络的权限，此人的身份和国籍等。克里斯蒂娜显然不会向一个外人透露更多细节，只是称呼那个人为老板。

1961 年《圣安东尼奥新闻快报》关于美古断交的头版报道

在拉美人的语境中，"老板"这个词的含义是复杂的。有权有势，或者有某种途径的人都可以被称作老板，并不一定指生意方面的拥有者。

我发现套房的每个房间都有一套相似的配备：写字桌、台式电脑、两把椅子。在原本应该是卧室的小房间里，一个烫着蓬松短发、戴着金边眼镜的中年女子正在接待客人。客人背对着我们，看不见脸，只见她穿着一条黑白豹纹的抹胸长裙，搁在大腿上的手提包露出一角，也是黑白豹纹的印花。不过一只失去弹性的绒布发圈冲淡了搭配上的喧嚣。

这样的情景让我联想起巴西电影《中央车站》里代人写信的女主角。两种职业都需要客人的自述，不过前者显然更加有迹可循，签证申请表上无穷无尽的问题已经搭好了框架。从这一点看，这些以填表为职业的妇女犹如牧师一般灵通，掌握着古巴人的日常琐事和秘密。

出了"洞穴"往左走200多米就到了叹息公园。这个三角形的街心公园是利益代表处的一个非官方的等候区，每周一到周五，预约上签证面谈的古巴人都需要先在这里等待叫号。

威尼斯有座著名的叹息桥，它是通往刑场的必经之路，死刑犯为生命将尽而叹息。把利益代表处比喻成刑场倒不至于，但能得此名可见拒签的概率颇高。

此时刚过上午11点，安的列斯岛犹如舞台照明灯一般的赤日已经悬挂许久，把等候着的100来号人推进了树荫里。一些担心错过排号的人则站在广场的路沿上，零星的电线杆为他们预留了细长的阴影。

不管身在何处，人们都齐刷刷地盯着利益代表处的方向。我顺着他们的视线望过去，大楼从棕榈树和旧洋房的缝隙中探出，犹如一只由玻璃和银灰色钢筋拼成的天外来物。

"我和我妈一起来的。"一个黑发披肩的女子说。她穿着一件双排扣的深蓝色西装外套，搭配干练的牛仔裤。这种偏东洋风的时髦打扮在这个加勒比海岛并不常见，但只要她开口说话，就抑制不住地蹦出古巴口语："你听听，她今年80多岁了，所以我可以陪她进去面签。不过她被拒签了。你听听。"

正说着，一个身形挺拔的老太太凑了上来。她上半脸的粉底牢牢地趴在布满沟壑的皮肤上，但越往下越淡，也许是在面谈室里一遍遍开口解释时抖落的。

"最难过的是，我儿子给我准备的签证材料充满了多少爱呀。怕是再也见不到他了。"她双手抱头，突然哽咽起来。

"亲爱的妈妈，千万不要这么想。"一旁的女儿安慰她。

这是她第五次申请签证，儿子住在迈阿密，已经十几年没见过面了。

另一个来自奥尔金的老太太也没有等来好消息，身在美国的儿子帮她在网上预约了今天的面谈，可是利益代表处的雇员并没有在表格上找到她的名字。

她身穿一件鲜艳的蓝紫色背心，外面披着一件款式中性的运动服，估计是等待时的打扮。

"我的姑妈刚打了一通越洋电话，网上显示的确是今天，所以我们还想再等等看。"这个双鬓泛白的中年男子是她的侄子。

没一会儿，身穿白色衬衫的古巴籍雇员拿着名单过来了。

"你的面谈时间被改到 12 月 29 日。"整整一周后。

和儿子一起过新年的计划是落空了，她有些失望，但嘴角隐约浮现出一丝无可奈何的笑意，毕竟还是有希望的。

我反倒为其他的事焦虑起来。奥尔金在古巴的东南部，她要等在哈瓦那，或者舟车劳顿一番？机票能改签吗？然而我并没有问出口。

"这是我第四次申请美国签证。这世界上没有什么比骨肉分离更痛苦的事了。"

很难说一个已到耄耋之年的妇人是否有移民倾向，不过叹息公园里的这一幕幕并非古巴特色。专攻拉美问题的纽约城市大学教授特德·亨肯曾经在接受《纽约时报》采访的时候就暗示，当苏联揭开铁幕时，西方国家做出的回应是迅速地给自己的国家加上一道钢箍。这种外交政策的惯性多半也会发生在美国和古巴之间。

在古巴，"粮本"人手一本，但"白卡"一卡难求。后者指的是一种出境许可，即使是短短几日的出国旅游，也必须持有这种政府颁发的必备文件。

然而延续了数十年的"白卡"制度在 2013 年 1 月被新的移

民法案规定取代，回到了本国护照加外国签证的常规出国配备。虽然这项由劳尔主导的改革依然会对包括官员、运动员、艺术家在内的国家"关键性职业"实施出境限制，但对于大多数古巴人来说，这是一个再好不过的消息。公民境外逗留期限也从11个月延长到两年，不用时刻顾虑由于技术上的延期而被剥夺财产权、公民身份和医疗保险之类的福利。

开放国门的决定或许会导致一定程度的人员外流，但随之而来的循环和流动将给停滞的经济注入新鲜的血液。古巴政府对此直言不讳，表示海外侨民的身份已经发生了质的变化，现阶段绝大多数人出国是基于经济考虑，而非政治原因。

数据提供了更直观的参考。2011 年古巴的出口收入只有 27 亿美元，同年古巴从美国获取的侨汇收入为 23 亿美元。侨汇的分量可见一斑。

谴责古巴政府的"白卡"制度一直是华盛顿最热衷的涉古议题，历届白宫团队也以此为借口为贸易禁运添砖加瓦，可是当古巴终于除去自身的枷锁时，美国做出的回应只停留在口头上。

时任国务院发言人纽兰表示受限于《移民和国籍法》，不会因古巴的新举措而修改针对古巴公民的移民政策。除此之外，她还敦促古巴家庭使用正当渠道合法移民美国。

如果说前半部分的说法勉强可以理解，毕竟法律的修正无法一蹴而就，但后半部分的高姿态喊话实在无法让人苟同。

美国的移民法令中有一项备受争议的政策，俗称"干湿脚政策"：一个古巴公民如果成功偷渡过佛罗里达海峡，在踏上美国领土的那一刻，就自动获得政治避难的资格，能够在最短的时间内申请到绿卡和美国国籍；如果在海上被美方拦截，双脚没上岸，就会被遣送回古巴。

先不说干脚上岸的真正动机缘于政治还是经济，这项鼓动古巴人冒险渡海的法令莫非就是纽兰口中的"合法渠道"？我想象着这几个年过八旬的老妪爬上一条挤满偷渡客的简陋木筏，藏在皱纹最深处的粉底也被海水冲掉了，湿漉漉的运动服像保鲜膜一样贴在皮肤上。

"干湿脚"政策将会是美古外交谈判桌上绕不开的路障。我既期待，又有一种先知般的沮丧。

古巴少年希望借助棒球运动改变命运

🌀🌀🌀

在增援的同事抵达前，每一天我都需要向国内回传一条新闻片。

有的时候顺利极了，像是赶上一场周末才有的青少年棒球联赛，满场都是如子弹般飞来飞去的小球手，观众席上又坐满了望子成龙、把外国记者当作球探看待的家长，不费力气地就把古巴棒球员和美国职业棒球联赛之间的爱恨纠葛讲清楚了。

也遇到过极其麻烦的情况，我想拍哈瓦那市场上的美国红苹果，那是政府采购的新年特供，原本是极其简单的操作，却因古巴人的官僚意识处处碰壁。无论是普通超市，还是街头的水果摊，都要求我们去找农业部申请采访许可，实在让人哭笑不得。

有一次还差点发生惊险的乌龙。

北京的编辑主动约片，主题是古巴人的新年习俗。摄像埃里克帮我联系了一个朋友的朋友，对方是一个 40 岁的古巴女子，虽然略显丰腴，但有着演员般的精致五官。在一栋宽敞的二层洋房里，她向镜头展示一个行李箱，说古巴人会在新年夜拉着行李箱在家附近转上一圈，以此祈求新的一年有更多出国旅行的机会。

虽然我觉得它更像委内瑞拉人的新年习俗，但一想到古巴和委内瑞拉的亲密关系，也没有质疑的必要。

拍摄结束时，门外出现了一个非常年轻的小伙，看上去不到 20 岁。只见他把自行车停放在长满绿植的庭院里，径直走到房间里。

"你儿子回来了。"这句闲聊已经到了我的嘴边，差一点就要蹦出来。

当小伙回到客厅时已经换上家居服，手上拿着一个凉水杯。"这是我的男友。"女子介绍道。

我一身冷汗。

也许是因为连续数日的奔波，我的脚趾上冒出一个水泡，每次结束拍摄回到旅馆房间，血水都从袜子渗出来，即使包上创可贴也不见好转。

那时我已经转到米拉玛区一个隶属古巴军方的星级酒店，北半球的 12 月白昼极短，我总是在伸手不见五指的黑夜中深一脚浅一脚地步行到办公室传输片子。

圣诞前夜，我和巴西来的同事们四处觅食。平日里经常光顾的餐馆早就被常驻哈瓦那的外国使领馆、跨国公司订满了，我们搭车转了好几个熟悉的地址都一无所获，最后在武器广场一条通向海港的巷子里找到了一家餐馆。我点的烤肉放了太多盐。

一个带着记者视角的旅途既可能妙趣横生，也会变得十分功利。在这种略显病态的职业惯性中，所见所闻都被当作潜在的选题来看待和拆解。然而在我的经验中，最深刻难得的体验，无论是生理的，还是意识的，往往很难塞进新闻报道的模具中。为了等来适合的输出形式，有时需要耐心地等待。更可能的情况是，它始终是一种背景声，在所有的新剧情中摇曳着。

为了欢迎三名古巴特工获释回家，古巴著名音乐人西尔维奥·罗德里格斯决定临时办一场音乐会，地址是哈瓦那的拉丁美洲棒球场，据说是全世界容量第二大的棒球场。

埃里克来旅馆接我，但几个小时前我们还在一起拍摄。

天空已经呈现深蓝色，只有朝西的马路尽头残留着一小片白色的晕染。一辆青绿色的古董车缓慢地行驶在我们前面，两道车灯打过去，浑圆的车尾在黑夜中描出妩媚的金边。后座两个乘客的剪影清晰可见，像是希区柯克电影中的场景，车里的人可能是英格丽·褒曼和加里·格兰特。

音乐会的舞台其实搭建在棒球场的露天停车场。以西尔维奥·罗德里格斯在古巴的音乐地位，再盛大的场地都不足为奇。然而美古破冰的新闻来得突然，估计没有足够的时间完成申请手续。不过这位"古巴列侬"当时正策划一个在市井街区开唱的巡演，当晚的氛围倒也符合主题。

几个相熟的外国记者已经到了，他们围成一圈谈论着过去几天的见闻。

舞台上架好了一根根立式话筒和谱架，错落有致，犹如五线谱上的音符。一面巨大的古巴国旗竖着悬挂在临时接起的脚手架上，最上端系着五颜六色的圆形顶灯。

黑夜让距离的参照出现错觉。我原以为自己离舞台很近，直到西尔维奥·罗德里格斯拨动琴弦开始演唱时，才发现观众已经如移动的沙丘般将我越推越远。

首次在公共场合聚首的"古巴五人"坐在最前排，他们的脸庞时不时在舞台边的实时屏幕上闪现。我一下子就认出刚被释放的赫拉多·埃尔南德斯，五官英俊的他是五人中唯一的光头。

赫拉多的妻子坐在旁边，紫色的裙子下腹部高高隆起，这是美古秘密谈判促成人工授精的成果。

夜空中一句歌词回荡着："亲爱的，我想我将远去。远得我将忘记自己的姓名。"她的眼睛先是闪烁着亮光，晶莹的泪珠随即从眼眶中滑出。

这是我第一次听西尔维奥·罗德里格斯的歌曲，虽然人到暮年，但他的声音依然纯净得像一个不谙世事的单薄少年。每一首歌都和我印象中的古巴音乐相去甚远，既不是加勒比风的扭腰摆臀，也没有进行曲般的义愤填膺。

它像是一个人在独自吟诗，向宇宙发出一个坚定的信号。

西尔维奥·罗德里格斯是古巴"新吟游歌谣运动"的发起

人之一。之所以被定义为"新"，是因为吟游歌谣早在19世纪就出现在古巴东部的奥连特省，那时的歌者大多数是没有受过教育的黑奴和底层的劳工，用木吉他伴奏，吟唱生活中的喜怒和哀乐。

古巴革命胜利后，许多知识分子沿用吟游歌谣的形式来表达他们对革命和社会发展的渴望，曲风上借鉴了法国香颂和巴西新派爵士乐。西尔维奥·罗德里格斯出生于一个雪茄烟农家庭，15岁时加入了卡斯特罗政府组织的扫盲班。20世纪60年代的他当过漫画师，服过军役，甚至担任过电视节目主持人，但始终热爱写诗和谱曲。

1975年，西尔维奥·罗德里格斯推出第一张专辑《花与生活》。从那时起，每隔几年就有新专辑问世，伴随着古巴革命的高潮和低谷。

然而当我回想那个夜晚，最先吸引我注意的并非歌词，它们刚从歌者的唇间弹出，就被电流的噪声分解得支离破碎，隐藏在词句中的深意也很难被精准地听出。

真正击中我的是观众们潮水般的心弦，现场有白发老者、看似木讷的中年人、相拥的年轻恋人，可是西尔维奥的歌声犹如催眠的咒语，在听似平缓的旋律中，前一分钟他们还欣慰地微笑着，后一分钟又都是盈眶的热泪。

人群最边缘站着一个头戴红色棒球帽的男子，个头中等，晒黑的肤色让他显得比实际更瘦。和在场的大多数人一样，他也随着音乐合唱，身体略微抖动着。

我靠近他。他的面庞被灯光照亮，眉头一松一紧，如同刚刚离开海水的鱼类扇动着鳃盖。

"你为什么哭了？"我问他。

他难为情地笑了，仿佛秘密被发现了一般。他的旁边站着另一个黑人小伙，也戴着同一款帽子，上面有红十字会的图案。

"我不是在哭，这是一种很自然的情感，"他上排的牙齿缺了一颗，"我想起自己援非的时光，那时候我总会听这些歌。"

70年代末，西尔维奥·罗德里格斯也曾经到过非洲。那时候的他作为古巴国际旅的文艺兵参与安哥拉内战。

音乐会接近尾声，"古巴五人"被邀请上台，他们和乐团的每一个成员握手致谢。

赫拉多作为代表发言，他回忆起1998年在迈阿密入狱时，前景黑暗，终日只能在深牢中踱步，耳边便想起西尔维奥·罗德里格斯的《愚人》，这首歌也成了他们五个人的抵抗之歌。

"我不知道何为终点，我向死而生。"

这首歌发表于1992年，相传是写给卡斯特罗的，"愚人"是执着的隐喻。

西尔维奥·罗德里格斯后来在接受采访时证实了这个说法，但透露这首歌也为自己而写。那时苏联已经解体，社会上弥漫着自我怀疑的氛围。有一次他在迈阿密机场搭飞机，古巴裔地勤故意砸坏他的吉他，只因为有卡斯特罗的贴纸。这个遭遇即

罗德格里斯音乐会上的"古巴五人"

是《愚人》的创作灵感。

"我不知道何为终点，我向死而生。"

五个人的合唱声犹如灯塔发出的亮光，在人群的海洋中来回掠过。在某一瞬间，舞台仿佛变成一艘船，在哈瓦那的夜空中破浪航行着。

第五章

开雪佛兰过海去美国

20世纪的最后五年里，一种特殊的新闻报道出现在迈阿密。

清晨时分，拍摄小组扛着摄像机，举着吊杆话筒，安静地等待在海滩上。突然间，拍摄指示红灯亮了。一望无际的海平面上出现了一个小黑点。黑点慢慢靠近放大，直到用肉眼可以看见一艘改造过的皮筏艇，上面畏缩着几个头发蓬乱、浑身湿透的偷渡客。

就在这时，一声哨响划过海面，执勤的海岸警卫队员也发现了皮筏艇。他们掉转船头，试图将它拦下。然而岸边的一群人立刻上前阻止警员，他们大多来自古巴流亡组织。

一片混乱中，皮筏艇上的人跳下海中，奋力向岸上游去。最后，只有一个人因体力不支在离岸几米的位置被警卫队抓住，其他偷渡客都爬上了岸。

短短几米的差距给他们带来了截然不同的命运。成功上岸的人可以合法地在美国居住，而在海水中被拦截的人将被遣返回古巴或送至第三国。

"干湿脚政策"的正规名称是《古巴调整法案》。这项针对古巴的移民令最早是在 1966 年通过的，根据该法案的规定：
"凡是到达美国并停留一年以上的古巴人就能获得美国永久居留权。"

法案的出台缘于 20 世纪 50 年代末开始出现的古巴移民潮。在卡斯特罗上台的前四年时间内，前往美国的古巴移民多达 27 万人，其中包括了大量医生、工程师和教师等高学历人才。美国希望借助这项法案诱使古巴人离开古巴，瓦解卡斯特罗政府的人才资源。

然而在随后的数十年里，《古巴调整法案》刺激非法移民的效应逐渐显露出来。抵美的古巴移民不再都是受过高等教育的族群，社会底层的古巴人越来越多。

发生在 1980 年的马列尔港偷渡事件最具代表性。从迈阿密开来的船只如期而至，卡斯特罗将计就计放走了 15 万古巴人，他们很多是罪犯、流氓、精神病患者和妓女。这一次偷渡事件直接导致迈阿密的犯罪高潮持续了两年多，监狱人满为患。

到了 90 年代，应对日常的古巴偷渡客已经占据美国海岸警卫队太多的时间和精力。以 1994 年为例，美国执法人员拦截到的古巴偷渡人数超过 37000 人，相当于每天就至少有 100 人。

最终，克林顿政府被迫对《古巴调整法案》进行了修订，将古巴非法移民分成了"干湿"两类，而不再是一揽子全包。然而这项一改再改的移民法案除了诱惑更多古巴人冒险渡海外，并没有解决更多的问题。

受到墨西哥湾暖流的影响，佛罗里达海峡常年大风大浪，而且经常有鲨鱼出没。如果再遇到飓风天气，生还的概率非常渺茫。

"谁也不知道死了多少人，"卡斯特罗在接受采访时说，"人们说死了很多人，但是没有人知道数字。"

根据民间组织的估算，丧生在佛罗里达海峡的遇难者大约占偷渡总人数的 20%~50%。

2001 年普利策新闻奖就颁给了这么一张照片：一名全副武装的美国边防警卫队特工将手中的狙击步枪对准一个藏在壁橱中的小男孩。

这个古巴男孩叫作埃连·贡萨雷斯。1999 年，6 岁的他随母亲乘船偷渡美国，但在途中遇到风暴。埃连的母亲和其他 10 个偷渡客葬身鱼腹，抱住轮胎的埃连和其他两个幸存者在海上漂流两天两夜后被佛罗里达的渔民救起。

然而大难不死的埃连卷入了一场更大的政治旋涡。最初，美国移民局决定让埃连在迈阿密的叔祖父抚养他。身在古巴的埃连父亲强烈反对，要求将埃连送回自己身边。除了卡斯特罗政府为他站台外，西班牙外交部也以《国际法》为依据发声支持。

几个月后，联邦地方法院裁定只有埃连的父亲才能代表埃连申请政治避难。虽然埃连在迈阿密的亲属宣称要上诉，甚至连市政当局也表示不支持联邦政府遣返埃连。流亡迈阿密的反古人士甚至举行了声势浩大的示威活动，将埃连视为对抗卡斯特罗政府的政治工具。

最终，美国司法部和移民局发动了一场代号为"团圆作业"的行动，强行进入埃连的亲属家中，将埃连接去和等候在安德鲁空军基地的父亲相聚。照片被拍下的那一个瞬间，埃连和将他从海中救起的渔夫试图藏进壁橱里。

在美国，"埃连·贡萨雷斯事件"的关注程度不亚于白宫的莱温斯基性丑闻，它给美国政坛造成的后坐力也是不可小觑的。

"副总统阿尔·戈尔的命运会受到一个6岁古巴男孩的牵连吗？"《纽约时报》当年的一篇评论文章如此问道。

代表民主党参选的戈尔最初支持共和党议员给予埃连永久居留权的立场，随后又支持民主党政府将埃连遣返回古巴的决定。这种左右摇摆的态度让一些选民对他产生了言而无信、谄媚迎合的印象。

在当时，佛罗里达是全美国人口第四多的州，其中古巴裔选民的比例高达12%。埃连返回古巴的结果激怒了当地的选民，本来有望在大选中拿下佛州的戈尔最终以极其微弱的差距输给共和党的小布什，即使重新计票也无济于事。

这也是为什么历届白宫政府在古巴问题上一直如履薄冰，因为溅起的任何一滴水花都可能打湿全身。

🌀 🌀 🌀

美国代表团抵达的那几天，哈瓦那阴晴不定。在风疾的上午，海滨大道的石堤总会撞出好几米高的白浪，犹如定时的闪电一般。然而饱谙世故的本地居民并不担心，因为海水倒灌的天灾大多发生在夏季的飓风期。对于岛上那些厌倦炎暑的人来说，一月的寒意反而像平静的内港，让他们褪去由于终年暴晒造成的一身皮屑。

我的新年是在巴西过的，然而元旦一大早，就飞去首都巴西利亚报道总统罗塞夫连任。高原宫正门坡道的两侧竖立着衣着华丽的仪仗士兵，我从银剑的缝隙中看见肩披总统绶带的罗塞夫。几个小时前，我才在一本机上杂志读到女总统一路飙高的妆发费用。

紧张的跨年行程预示着 2015 年将会是无比忙碌的一年。美古首轮外交谈判的时间一公布，我就买好了飞往哈瓦那的机票。

在所有具备会谈条件的场地中，古巴政府选择了地处偏远的哈瓦那会展中心。从市中心出发需要将近半个小时的车程。"先过一个圆环，然后再过一个圆环。"我们像绕口令一样对电话另一端的中餐外卖小哥嘱咐着，他们总是刚开过米拉玛区就迷路了。

哈瓦那会展中心的规模在古巴独占鳌头，也是古巴全国人大的会址，然而它的地理位置或许才是最主要的考量，不但可以避开好奇的游客和闲杂人士，还可以把纷沓而至的外国媒体安置在帕尔科酒店的媒体区。帕尔科酒店和会展中心由一条细长的走廊连接在一起。

美方的谈判代表是罗伯塔·雅各布森，她当时是美国政府中负责西半球事务的助理国务卿，对拉丁美洲的情况非常了解，也会说流利的西班牙语。

万众期待的雅各布森以一身橘色的套装亮相。橘色的单纽扣西装外套，橘色的方形印花窄裙，再搭配夸张的金色耳坠和颈环，显得肤色苍白极了。她面无表情、如同商店橱窗里的塑料模特一般走进了会展中心。

这样的神情贯穿了为期两天的会程，至少是有摄像机在场的时候。

我原以为雅各布森一向都不是喜形于色的人，但上网搜了一些她的照片，发现并非如此。

《时代周刊》的特派记者也观察到这一点。"这位美国外交高官僵直地站在摄像机前，丝毫看不出任何愉悦的迹象。"他在后来的报道里写道，"她似乎意识到自己最危险的观众是美国政客中的反古阵营，无论多么轻微的笑意都会成为国会山宣称民主被破坏的证据。"

记者的揣测很快得到验证。首轮谈判刚结束，雅各布森就第一时间拜访了迈阿密的几家反古媒体，犹如急于向神父忏悔罪过的教徒一般。

古方派出的谈判代表是外交部美国局局长何塞菲娜·维达尔，这位曾经在莫斯科留学的女外交官则出人意料地展现出极其美式的一面。在第一天会谈结束后，她来到媒体区举行了一场快节奏的记者会，先用西班牙语，然后再用英语复述一遍，这种程度的开诚布公在古巴并不多见。

第一天会谈的主题是移民，关键点即是"干湿脚政策"。然而闭门会议开始后不到一个小时，何塞菲娜的副手、古巴外交部美国局副局长古斯塔沃就暂离会场，临时开了一个通气会。

和其他迫不及待的媒体一样，我们扛着摄像器材沿连接两栋楼的长廊一路小跑。古巴代表团显然早有准备，他们用红带在大堂的角落围出一个扇形的区域，古斯塔沃远远地站在中间。

"会谈正顺利进行，但我们认为美国现行的古巴移民政策违背了两国移民协议的基础和宗旨。"

古斯塔沃长着何塞·马蒂般的狭窄脸庞和尖鼻梁，如果上唇的胡子浓密些就更像了。

古巴代表团的提前声明验证了外界对于首日谈判结果的猜测。在挤满记者的媒体区，美方表示目前不会改变《古巴调整法案》，古方表示鼓励非法偷渡、带有冷战色彩的移民政策将阻碍两国关系正常化。

"我们都同意我们有很多不同意的地方。"一位古巴外交官总结道。

在记者的职业生涯中，相当一部分的时间都花在等待上。

有一种等待如同盲盒，可能收获颇丰，充满惊喜；另一种等待是纯机械式的，后台的长时间准备就是为了避免纰漏，提供如温水般的标准答案。大部分媒体从业人员都被后者消磨掉所剩无几的职业热情，同时又沾染上油腻自负的习气。

首日谈判比新闻中呈现得更加枯燥，长廊上记者脚步匆匆，但彼此对看一眼就心知肚明。寻找新闻线索不过是自我的借口，如此来回一趟只是为了消磨时间。所以当我听说哈瓦那港停泊了一艘俄罗斯间谍军舰时，立刻如囚鸟出笼一般赶过去。

稀疏的雨点结实地敲打在挡风玻璃上，仿佛暴雨将至。阴沉的天空将海水也染成了灰色，犹如一望无际的沥青湖。一旦决堤，此刻的哈瓦那城将在瞬间被封印住。

军舰停泊在离圣弗朗西斯科广场几步之遥的码头，铁灰色的船身在灰蒙的水汽中轮廓模糊。甲板上空无一人，横七竖八的信号塔、天线仿佛一座浮动的建筑工地。

几天前，同样的位置刚刚停靠过一艘豪华游轮。自从古巴政府大力发展旅游业，码头上的挑高仓库就被改造成手工艺品市场，外国游客一上岸就被各式各样的油画和编非洲辫的妇人包围住。

美联社在哈瓦那的办公室设在圣弗朗西斯科广场一栋老建筑的底层，这艘挂着俄罗斯国旗的军舰一驶入港，就被他们的摄像机全程拍摄下来。

俄罗斯间谍船

等候美国代表团抵达的全球媒体

根据俄罗斯媒体的报道资料，这艘以苏联海军英雄维克托·列昂诺夫命名的军舰建造于 1988 年，装备了电子监控设备和导弹防御系统，是一艘名副其实的间谍舰。

　　古巴政府从始至终都没有对这艘俄罗斯军舰的抵达做任何解释，然而再愚钝的人都不会觉得这只是一个巧合。在 2014 年乌克兰危机最紧张的时期，哈瓦那港就出现过它的踪影。这一次国际媒体云集此地，而一艘军事级别的间谍船竟以如此高调的方式出现，可见震慑为主，监听为辅。俄罗斯借此彰显自己在古巴无法撼动的影响力，古巴也露出谈判桌上一块掷地有声的筹码。

　　美国电视台自然在当晚的特别节目里花了不少篇幅，调侃它为冷战版的"昨日重现"，却丝毫不提及哈瓦那港停泊过的另一艘更有名的船。

　　1898 年，停靠在哈瓦那港的"缅因号"战列舰突然发生爆炸，舰上两百多名士兵遇难，船体残骸迅速沉入海底。麦金莱政府指控西班牙是罪魁祸首，以此点燃美西战争的导火索。

　　然而军事学家们皆认为"'缅因号'事件"蹊跷颇多，各种线索和证据都暗示爆炸发生在船体内部，而非外来水雷所致。即使到了 1998 年，即"'缅因号'事件"一百周年之际，美国《国家地理杂志》又一次旧案重查，认为煤仓自燃才是军舰爆炸的起因。然而"缅因号"具有完备的防自燃设备，舰上的煤也已经存放超过两个月，并不容易自燃。

后人或许永远无法解开"缅因号"的谜底，但这个事件使得古巴刚脱离西班牙的殖民统治，就被推进美国的血盆大口。作为美西战争的胜方，美国一方面宣称无意兼并古巴，另一方面却在古巴宪法中加进了《普拉特修正案》。这条法案"承认古巴的独立，要求西班牙政府放弃对古巴岛的权威和统治"，但同时又强买强卖地定义了美古关系："古巴政府同意美国可行使干预维护古巴的独立。"

换句话说，美国可以借"保护古巴"的名义单边介入这个加勒比岛国的政治和经济。至今纠缠着美古关系的关塔那摩监狱也是拜《普拉特修正案》所赐，因为它规定"古巴将租借给美国建立海军基地的某些特定地点"。

在失去了新鲜感和期待后，第二天的谈判更像是走一个过场。雅各布森直接爽约了傍晚的记者会，只是托人递来一份书面声明，称双方的对话极具建设性，美方希望加强与古巴在各个领域的交流。

在返回华盛顿的前一天，雅各布森在美国驻古巴利益代表处主任的官邸举行了一场媒体见面会。我对她的表态兴趣不大，但能够踏入这栋建筑的机会却是千载难逢的。从 1939 年到 1953 年，它曾经是美国驻古巴大使馆。

这栋老建筑隐藏在哈瓦那西南郊一片绿树环绕的丘陵地。古巴革命胜利前，只有家底最厚的资本家才能在这里盖房。道路两侧的葱郁植物不但拼出了成片的绿荫，也能起到保护隐私的作用。即使终日流连于门外，也对院内的情况一无所知。

我们到得有些早，只有零星几家媒体排在前头。利益代表处一个微胖的美国女孩在门口签到，过去几天经常在会展中心看到她。几个安保人员把摄像器材拎到一侧检查。

铁门推开了一小口，沿着石径往里走，一栋双层灰岩大宅出现在庭院的中央。除了古希腊神殿般的圆柱外，建筑的外观并无喧嚣的线条，让它有一种凭栏远眺的雅士气质。

然而如果仔细观察，你会发现宅子的出入口和过道要比正常情况来得更宽，而为了兼顾比例的协调，建筑的其他尺寸也随之调整了。这样的安排似乎不完全出于审美的考量，其中隐约带有一种功能性。

电梯和坡道的设计提供了更多猜想的空间。鉴于层数不多，普通楼梯就可满足需求，不必大动干戈地装入电梯，而规定政府建筑物必须配备无障碍通道的《美国残疾人法案》也是在1990年才通过的。

一种说法在历届美国外交官中流传：这里是为罗斯福准备的冬宫。每当华盛顿特区进入寒冬，乘坐轮椅的美国总统就可以飞来哈瓦那避寒。

它从未得到官方的证实。唯一能确定的是，在奥巴马访古之前，尼克松是在此地过夜的最高级别美国官员。1955 年，还是副总统的尼克松出访加勒比地区，哈瓦那是其中一站。

对比极具新古典主义风格的外观，室内的装潢反而显得有些拖沓。浅粉色的大理石有一种脂肪般的油腻纹理，同样的颜色又爬上了大厅内的立柱。在老式水晶吊灯的照耀下，让人有一种午憩初醒的晕眩感。

"一走进门，你就能感觉到很贵，但又不是航空母舰那种昂贵。"前利益代表处主任约翰·考尔菲尔德绘声绘色地对媒体描述道。在任时，他的卧室在二楼的一个套间。

对于昂贵的理解可以是多种多样的，但它显然不是美国人的强项。

根据美国国务院的数据，官邸的占地面积大约是白宫的一半，但又比白宫多了两翼。当天的会场安排在一楼东南角的侧厅，所以三面都是大面积的玻璃窗。窗外阳光明媚，茂盛的树枝向各个方向延展，仿佛流淌着的绿色瀑布。

七八排座位很快就被记者占满了，摄像机则挤在最后头。虽然组织方多放了一个站台，晚来的媒体只能把机器架在两侧的过道上。

雅各布森佩戴着同一套金色首饰，但换上了一件深蓝色的衬衫，感觉比前几天放松多了。她先是回答了几个美国记者的提问，然后又象征性地点了现场的古巴记者。

"恢复外交关系并不是一个送给古巴的礼物，也不代表美国和古巴没有了分歧。我们和世界上很多国家都存在差异，有的分歧甚至很深，但并不妨碍我们和它们保持外交关系。"

这番话暗示着奥巴马政府不会要求古巴以改变政治结构作为恢复外交关系的条件。

"我没有水晶球，我无法预测美古关系在接下来一年或者十年会如何发展。我只知道过去五十年发生了什么，我们实施的政策不但没有使古巴人民更强大，反而慢慢地把自己孤立封锁了。"

这种说法或许更能说服那些自带反古基因的古巴籍议员，雅各布森后来在出席参议院外交事务委员会的听证会时也做过一模一样的表述："美国的对古政策已经将我们同西半球乃至全世界的民主伙伴隔离开来。"

雅各布森指的是美洲国家组织和欧盟。2015年，一众美洲国家不顾华盛顿反对，邀请古巴重逢美洲峰会。同年，欧盟强烈呼吁美国解除对古巴的经济封锁。

建筑往往也能反映时代。大宅的兴建赶上了美国的上升期，那时候挂着星条旗的舰艇一次又一次在大西洋和加勒比海的水域击退了轴心国的来袭，升级关塔那摩军事基地的计划也转化为实际行动。宅子动工的1939年，美国政府以保护航运为借口战略性地对关塔那摩湾投入巨资，将它从一个普通的海军基站打造为军事基地。

半个世纪后，美国在拉美后院的威慑力大不如前，曾经风光无比的官邸似乎也只剩一副外皮。美国国务院曾在 1999 年雇用一家建筑公司对楼房进行整修，安装了空调和暖气系统，但始终掩盖不住它日渐衰败的气息。

现场没有人比美国有线电视新闻网驻哈瓦那记者更深有体会。会议开始前，坐在我右前方的他突然跌倒在地上。原来木椅的一根椅腿瘸了，工作人员又找不到多余的椅子，他只好半蹲半坐地撑完全场。

外界对首轮谈判的反应分成两极：一部分人认为出现的问题比答案更多；另一部分人更乐观，只要不谈崩，就已经是胜利。

这并不是美古断交后第一次寻求关系正常化，但俨然已经是最成功的一次。古巴学者埃斯特万·莫拉莱斯在他的社科学作品《从对抗到关系正常化的尝试》中提及，当 1961 年任职古巴工业部部长的切·格瓦拉前往乌拉圭埃斯特角城参加泛美国家组织经济会议时，他曾经向美国代表团提议改善双边关系。然而美方误将这个举动视为卡斯特罗政府内部出现分歧的征兆，不但没有做出回应，反而把大量时间和精力用在挑拨离间上。

和切·格瓦拉会面的肯尼迪顾问理查·古德温甚至在回国后受到参议院调查，促成会面的时任阿根廷外交部长奥斯卡·卡米里奥也受到牵连。

媒体会结束后，雅各布森挪步到隔壁的一个房间接受美国电视台的专访，她说第二轮谈判将转场至华盛顿，预计就在几个礼拜后。

我到会场的后排帮摄像收拾散落一地的线缆，透过玻璃窗能看见一根光秃秃的旗杆，种在院子里的棕榈树都高过了它。美古断交后，卡斯特罗政府不允许在古巴境内升美国国旗，即使利益代表处也不例外。

记者会现场

很少有人能够单凭体力游过佛罗里达海峡。

美国女运动员戴安娜·尼亚德尝试过一次。2013 年，她一口气从哈瓦那游到了基韦斯特，全程 177 公里，耗时 53 小时，是有记录以来第一个没有借助鲨鱼网从古巴游到美国的人。

即使拥有丰富的横渡经验，又配备最专业的游泳装备，戴安娜还是一上岸就被担架抬走了。

由于政府对私人船只严格管控，古巴人在偷渡这件事上展现了惊人的创造力和想象力，任何带有浮力的生活物品都可能被改造成渡海用的水上工具。

最让人脑洞大开的案例就是把机动车改造成可航行的船只。他们把车底封死，然后在车的两侧分别绑上三个空的铁皮桶作为浮箱，同时在车的前端焊接上类似船头的装备，以此减小海浪的阻力。手艺更好的人还在车底的传动轴上安装螺旋桨。

这听起来犹如天方夜谭的发明经受住了真涛实浪的考验。2003 年 7 月的一个夜里，35 岁的路易斯·格拉斯带上 11 个亲朋好友，开着一艘用 1951 年出厂的雪佛兰改造的船，义无反顾地扎进海浪中。根据计划，当他们成功登陆美国领土后，会立刻卸掉铁皮桶，在最近的加油站加满油，然后一路开向迈阿密。

"这比用皮筏艇偷渡有更多优势。"报道此事的记者评论道。

这辆"水陆双栖"的绿色雪佛兰没有辜负乘客们的期望，

它非常缓慢但平稳地航行了 31 个小时。如果不是因为在离美国领土只剩几十海里的时候被美国海岸警卫队的直升机发现，或许还真能够创造奇迹。

然而并不是所有人都有这样的手艺和耐心，大多数企图深夜渡海的古巴人都只能使用非常简陋的水上工具，包括用内胎和野草做成的小艇，甚至还有人使用冲浪板、木桶、冰箱和浴缸。任何带有浮力的大小型容器都在他们的选择范围中。

古巴人的改造能力一如他们在棒球场上的表现，有天赋的成分，但更多是为形势所迫。

美古断交后，华盛顿不但施加了经济封锁，也带走了一大批高水平的工程师，之后的苏联解体更是断绝了仅有的进口来源。在"和平年代的特殊时期"中，古巴人不得不对报废的物件进行翻新，尽可能地延长它们的使用寿命。

古董车是最普通的例子。哈瓦那随处可见的古董车大多是 20 世纪 50 年代从美国进口的，那是这座城市最纸醉金迷的时代，如果论新货上架的速度，连纽约都要让它三分。

然而品相再好的雪佛兰，也会被大西洋的海风吹锈。那些依然在街头服役的车辆，只有外壳是原装的，而内部的零件，从发动机到方向盘，连车主都说不清更换了几回。

"这辆 1952 年的雪佛兰是家里留下来的，我爷爷开过，然后给了我爸爸，现在是我在开。"

我在矗立着马蒂雕像的中央公园附近遇到这位出租车司机

和他的红褐色古董车。车抛锚了，他把引擎盖翻起来，向我指指这个，又指指那个，仿佛医学院的临床解剖课上一位经验丰富的老师。

然而真正把"古式发明"体现得淋漓尽致的是一些弗兰肯斯坦似的重组。

买不起电风扇，古巴人就把一张旧的黑胶唱片剪出三个扇叶，然后在唱片中心的圆孔处装上一个小的电动机，再用一根空心的塑料水管架起来，插在一台废弃电话机上。买不起信号接收器，他们就把铝制的分食餐盘扎满小洞，当作天线的"锅"。回收的电子设备可以改造成烧水用的热水棒。

型号为"奥里加70"的苏联洗衣机是最珍贵的物件之一。洗衣机的甩干功能对于古巴炎热的气候来说有些多余，于是它的发动机被拆下来改造更急需的工具，例如代步的电动车，或者渡海的小艇。

1992年，古巴军队策划出版了一本名为《用我们自己的努力》的工具书，专门教授如何维修和重复利用一些旧的生活用品。这本书其实是一本草根技能的合集，编者特别在前言中强调，部分县市没有在截止日期前寄给出版社他们的经验，所以不排除出版续集的可能性。书的扉页上印着卡斯特罗的口号："对于用于奋斗的人来说，没有什么是不可能的。"

享誉国际的古巴艺术家埃内斯托·奥罗萨从美学的角度将这种全民现象诠释为"技术反抗"。还在哈瓦那高等设计学院就读的时候，奥罗萨就非常崇拜意大利激进派设计师安德烈亚·布兰茨、埃托雷·索特萨斯的作品，但总觉得离自己在古巴的生活很遥远。

然而有一天，奥罗萨意识到继母就是一个"反设计"理念的实践者，她用废弃的零部件制造小工具，甚至还发明了一台生产雪茄的机器。古巴人在解决最基本生活需求的时候不自觉地接轨上先锋的设计理念。

"技术反抗"的概念甚至延伸到古巴人的建筑上。很多哈瓦那居民都生活在西班牙殖民时期风格的老房子里，常常好几个家庭共处一栋，每个人能够使用的空间极其有限。最常见的改造方式就是把过高的门廊建出一个夹层，可以空出一面做阳台，也可以全部封上当成房间来使用。

如果改造工程封住了邻居的入口也没有关系，只要淘来一座从其他老建筑里拆下来的螺旋铁梯，就可以把窗户改成门。

这么一来，每一栋房子都会"生"出很多小的隔间和附属，仿佛这座城市从未停止生长一般。

"你不觉得《吉屋出租》的舞台布景和古巴人的生活场景很像吗？"

安迪·赛纳是一个百老汇音乐剧导演，出生在迈阿密，父母是古巴移民。我们约在贝托尔特·布莱希特剧院的后台见面，他执导的《吉屋出租》正在这里演出，周四的下午正是排练的时候。

透过舞台一侧的幕布，我看见一大堆临时焊接在一起的铁架子，它们将黑色的背景切割出大大小小的空间。即使不在同一个水平面上，也有简易的爬梯互相连接。舞台的左侧有一座好几米高的装置，既像是风车，又像是灯塔。如果仔细看，你会发现它是用鸟笼、自行车的轮子、渔网、台灯罩、水桶等各式各样的废弃物品拼接而成的。

这次探班是半个多月前我向古巴外交部新闻司申请的。美古破冰的消息传出后不到一个礼拜，美国尼德兰德世界娱乐公司宣布将把百老汇音乐剧搬上古巴的舞台，从圣诞前夜开始，演出整整三个月。

上世纪 50 年代的哈瓦那是西半球最醉生梦死的城市，它有140 多家电影院，比同时代的纽约和巴黎的电影院还要多。挂满霓虹灯牌的 23 街被称作"加勒比的百老汇"。然而卡斯特罗政府上台后，美资公司被收为国有，作为美国文化象征之一的百老汇音乐剧也从古巴的舞台上销声匿迹。

《吉屋出租》的上演被看作一个回归的信号。即使主创团队一再强调整个项目的申请和协商前后花费了一年多的时间，会赶上这个特殊的时间点纯属巧合，但外界还是用一种对待初生婴儿般的温柔眼神看待它。

我一直对舞台剧兴趣索然，这种艺术表现形式让我很难入戏，而且自从有人开玩笑地警告说最前排的观众会被演员的口水喷溅到，我就一直心存忧虑。仅有的一次观剧体验是巴西剧作家纳尔逊·罗德里格斯的《逝者》，只因为当时需要采访的演员卢塞莉亚·桑托斯是该剧的女主角，她非常机敏地告知我唯一的闲暇是开场前的半小时。

贝托尔特·布莱希特剧院坐落在利内亚大街的一个拐角处，这条街和23街平行，但比23街更加宽敞气派。"利内亚"在西班牙语里指的是路面电车轨道，因为拉丁美洲最早的有轨电车就曾经铺在此。历代统治者也都觊觎用这条交通枢纽来阿谀谄媚或者为自己留名，它先是在1918年被改名为威尔逊总统大道，到了20世纪50年代又被换成巴蒂斯塔将军大道。虽然几经易名，哈瓦那人还是习惯用它的原名称呼它。

如果乘车从利内亚大街经过，你一定会瞥见贝托尔特·布莱希特剧院如同黑胶唱机一般的轮廓，然而只有当近距离地仰看它时，建筑的"蹊跷之美"才会一点点地渗透出来。

剧院正前方罩着一个略小于主楼的长方形框架，由此产生的空间被隔成两个左右延伸的露台和一个充分挑高的主入口。为了兼顾建筑的走势和视觉的连贯，通向主入口的坡道有一个180度的转向，倒是像极了黑胶唱机的唱臂。

这个框架仿佛一块巨大的乐高积木，很难看出它是后来加上的，或者最初就是灵感的一部分。附着在上面的更多巧妙的设计也可能是为了掩盖这种先来后到的细微破绽。

恐怕连很多久居哈瓦那的人也不晓得，贝托尔特·布莱希特剧院曾经是一座犹太会堂的一部分。竣工于1955年的贝丝·沙洛姆神庙依然像连体婴儿般附着在剧院的后面，只不过被茂盛的棕榈树冠遮盖住了它极具特色的弧形拱门。这个迷你版的"西进之门"象征着《圣经》故事里神与人立约的彩虹。一直到20世纪80年代会堂把建筑的大部分卖给古巴政府后，这栋楼才重新建造了舞台。

剧院的石壁上挂着《吉屋出租》的巨幅海报，足足有一层楼这么高。然而和同剧的其他版本相比，这一版显得非常空旷，除了片名的四个字母外，只印着剧作名、导演和制片人的姓名，剩余的就是卡斯特罗最喜欢的橄榄绿底色，仿佛担心任何一丝多余的信息都会刺激到美古之间原本就相当脆弱的神经。

这部首演于1996年的音乐剧讲述的是一群生活在纽约的艺术家，即使贫困潦倒，身陷艾滋病的阴影，依然努力生存的故事。它是百老汇音乐剧中率先把同性恋、跨性别等话题带上舞台的，在此之前，但凡触及这些话题的作品都只能在观众更少、离曼哈顿市中心也更远的外百老汇剧场演出。

舞台很低，几乎和前排的观众席处在同一个水平面上。一走进去，很难分清那些来回踱步，喃喃自语的人中，哪些是正在排练的演员，哪些是负责后勤的场务。黑暗的角落中传来稀疏但稳定的鼓声，让人误以为那些坐在第一排的零星剪影也是演出的一部分。

"这个剧场是尼德兰德公司特意挑选的，因为它的舞台和座位几乎连在一起，观众的代入感会更好。"

安迪个头不高，棕皮肤的他有着拉美人典型的浑圆下颌，这样的外在条件让他出演过《吉屋出租》里安杰尔的角色，一个常做女装打扮的街头鼓手。

我准备了不少问题，但还是决定先从音乐剧本身谈起。安迪执意带我们去到连接后台的另一个微型剧场，那里安静得犹如录音室，一排铝制扶手的座椅在他的身后幽幽地发着银光。

"我们其实考虑过《美女与野兽》或者《西城故事》，但最终还是觉得这部剧更能让古巴的观众产生共鸣。"

安迪所指的共鸣既来自散发着"技术反抗"味道的舞美效果，也源于剧中人物宿命般的贫困和窘迫。为了渲染那种必须烧自己的作品来取暖的东岸寒冬，灯光运用了大量的冷色调，这有悖于古巴人更熟悉的温暖和明亮的自然环境，这会影响到共情的萌生吗？

"在古巴，人们常常陷入经济上的困境，需要互相帮助，并且用自己的方式来解决问题，这个部分和剧中的人物非常相似。"

从某种程度上说，《吉屋出租》也是一次共情的结果。据说原作者强纳生·拉森就是在看了普契尼的歌剧《波希米亚人》后，萌生了最初的故事线。这位年轻剧作家在把背景从巴黎拉丁区转换到纽约东区的同时，也用艾滋病取代了肺结核。

我们聊到这次采访的源起。

"17 号那天，我们正在为圣诞前夜的首演做最后的准备。能够身处古巴，和整个剧组的人一起收看两位总统的声明，我觉得自己好像在看一部电影。"

能有如此重大的国际新闻为作品宣传造势，这种巧合是多少文艺工作者梦寐以求的。作为一种隐形的交换，《吉屋出租》也会被当作美古破冰后的第一项成果来审视，即使它存在时间上的误差。

舞台设计、灯光、音效都由美国公司负责，15 个演员则是在古巴甄选的。后者是否出现过跨文化创作中十分常见的水土不服？

"古巴的年轻演员受百老汇音乐剧的影响很小，当他们来试镜的时候，总有一种跳莎莎舞的感觉，而没有摇滚的元素。《吉屋出租》其实是一部摇滚音乐剧，所以很多演员都不大适应。"

安迪点到为止，似乎不愿意过多展开。不过我在纽约公共电台对他的电话采访里丰满了答案。

"我招募到了一些歌手和一些演员，但没有一个人能够有效地将两者结合在一起。这种音乐风格是非常特别的，训练和指导他们的过程就已经是很大的工作量。除此之外，灯光师也需要突破自己的舒适圈，灯光的触发器从 25 个增加到 200 多个，无论是速度还是精准度都不能有闪失。"

《吉屋出租》演出现场

我对戏剧的专业术语并不了解，但足以想象灯光师惊慌失措的神情，仿佛盛大宴会上连连踩到同伴的舞者。

带妆彩排开始前，后台人头拥挤。我在塞满演出服装的小房间里见到何塞普，他在剧中扮演罗杰，一个患有艾滋病并且正从海洛因毒瘾中恢复的音乐家。

"试镜就花了两个多月，整个过程相当不容易，而且试镜的方式也和平常很不一样。"

何塞普已经化好妆，清晰可见的下眼线让他十分硬朗的骨相变得很温柔。造型师正在用黑色的颜料在他的右手臂上涂画临时文身。

"在最终确定人选前，我们每个人都需要先学剧中的歌曲，感觉像参加了一个戏剧工作坊。"

空气中飘散着一股脚汗味，那是从角落的鞋柜里传来的。一排是蓝紫色的鱼嘴高跟鞋，加高的防水台更方便跳舞。另一排是给男演员穿的高帮皮鞋，凸显了雅痞的元素，但这种不透气的鞋款在闷热的古巴很少见到。

为了完成这条报道，我后来又探班了两次。

最后一次是周末的正式演出。现场座无虚席，无论是什么年龄段的观众，都有一副文艺爱好者的模样和与之匹配的观演素养。他们在应该鼓掌的时候鼓掌，在应该安静的时候安静。然而眼神中透露出的理性让人误以为他们正在观看一出极具思辨色彩的古希腊悲剧。

在这种对比下，演员则显得太过于用力。为了在漆黑的舞台下掀起哪怕一点点的涟漪，每一句台词的音量似乎都比前一句来得更高，动作的幅度也越来越大。这种略显失控的递进也许连他们自己都没有意识到。

我不确定古巴的观众能否像安迪所说的那么轻而易举地理解这部剧，我也不确定古巴裔的安迪是否如他想象中的那么了解古巴人。《吉屋出租》的主人公们遭遇的经济困境从来都不是这部音乐剧能够成为百老汇经典的原因，它的先锋之处在于不回避任何严峻和敏感的社会问题，例如吸毒、艾滋病以及让纽约客无法承受的房租。

然而这些元素并不是古巴观众熟悉的。拜卡斯特罗政府的反毒政策所赐，古巴是西半球唯一没有毒品问题的国家。艾滋病危机也离古巴人的生活非常遥远，虽然 20 世纪 90 年代初的一项阳性病人隔离措施颇受争议，但如今 0.1% 的低感染率让很多发达国家都望尘莫及。

直接体现在剧名中的租房问题就更难让古巴人感同身受了。在很长的时间里，古巴政府不允许租赁房屋，居民的住房由国家免费分配。虽然面积和房子的条件因人而异，但因付不起房租而被房东驱逐的情况是根本不可能发生的。

"我一直想来哈瓦那看看。"安迪在每一次采访中都这么说。然而这种善意的天真出现在每一个外国访客身上，无论他们来自哪一种文化和意识形态，都是为了验证自己对古巴的既定印象，而非从零开始在认知上探险。

对于出生在迈阿密"小哈瓦那"的安迪，他从家庭、社区继承的对这个国家的印象，到底会帮助他，还是会蒙蔽他？

所有人都在等待卡斯特罗的反应。

自从 2008 年劳尔接替他成为古巴最高领导人后，卡斯特罗就大幅度地降低了在公开场合露面的频率，隐居在哈瓦那市中心以西 24 公里的一个僻静庄园。这个代号为"零点"的地址起初是古巴政府的最高机密，不过如今已经人尽皆知。远道而来的外国贵客和在一段时间内有突出表现的古巴人都会到"零点"和卡斯特罗见面，他们的合照也让三不五时传出的病危谣言不攻自破。

除了一心钻研辣木以解决古巴的粮食危机外，他还在《格拉玛报》开设了一个叫作"菲德尔的思考"的专栏，不定期地阐述自己对国际政治的解读。

离劳尔和奥巴马宣布破冰已经过去了一个多月，"零点"的主人却比往常还要沉默。一直到 1 月的最后一个周一，《格拉玛报》才终于有了一点动静。

"我不相信美国，也没有和他们说过话。"

卡斯特罗是在一封致古巴学联的公开信里提到的，他勉励古巴青年为自由而战，而这句评论闪现在段落之间，仿佛笔者并不想在这个话题上稍作停留，只不过话到嘴边，随口而出罢了。

"这并不意味我反对以和平的方式解决美国和古巴的争端。"

虽然卡斯特罗已经愈来愈像一个符号般的存在，而非实际拍板之人，但大家还是松了一口气。

这封略显"离题"的公开信还有另一个用途。每年 1 月 27 日的晚上，哈瓦那都会举行盛大的火炬游行，以此庆祝古巴英雄何塞·马蒂的诞辰日。这个始于 1953 年的传统是卡斯特罗和其他同时期的学生领袖共同发起的，那一年还发生了攻打蒙卡达兵营的武装起义。古巴革命胜利后，尽管卡斯特罗每回都参加，但火炬游行不再有更具体的诉求，更像是一年一度的例行公事。如今卡斯特罗由于年事已高无法亲自出席，这封信就相当于见字如面。

1 月底的哈瓦那温差很大，常常白天艳阳高照，晒得人一脖子汗，可是天黑后，气温有时会降到 15 摄氏度以下。再加上这里没有密集高楼的遮挡，所以体感温度会更低。有一个常驻古巴的记者说起他曾经在夜里冻得翻出棉被，我当时还觉得是天方夜谭，犹如生活在极夜地区的居民抱怨光污染一般。直到经历了火炬游行的那一个夜晚，我才再一次领略到哈瓦那的另一种可能性。

火炬游行现场

火炬游行从当晚 10 点开始，不过我是后来才知道的，因为根据古巴外交部新闻司的通知，媒体人员必须在晚上 7 点就到一个地址集合。我匆匆忙忙地出门，没来得及换掉白天时穿的浅蓝色长袖衬衫，但它有防紫外线的功能，所以布料比普通衬衫来得厚实一些。

　　那是一栋前身是殖民风格洋房的政府办公楼。在世界上大多数首都，政府机构的布局总是有迹可循，但是在哈瓦那，类似的建筑更迭散落在城市的各个角落，似乎只能从革命前的资本家花名册中找到逻辑。

　　我到达的时候院子里已经聚集了不少记者，在夜色的遮掩下，他们的面孔和这栋楼的外观一样朦胧不清。我甚至分不清具体的方位，当失去自然光的参照后，哈瓦那的街道变成了由拉丁姓名和阿拉伯数字混杂而成的不规则棋盘。然而这种迷失并不会引起关于人身安全的担忧，这是我拜访过的所有拉美城市的唯一特例。在风景如画的里约热内卢，误入陌生的地点可能会招来流弹，但在这里，只会引出我记忆深处漫游萨拉曼卡和塞维亚的青涩岁月。

　　记者们谈论着卡斯特罗的信，只是为了打发时间罢了，话题很快就转向更能产生共鸣的生活琐碎。俄新社的记者说着口音很轻的西班牙语，他时不时和我攀谈几句，但更像是两艘船在逼仄河道里不可避免的磕碰。零星有路人从栏杆外经过，在他们一闪而过的眼神中，墙内的窸窣仿佛是一场密谋的前兆。

一直等到快9点，组织方才通知出发。我本以为会有巴士接送去下一个地点，这或许是提前集合的原因，没想到一出大门，领队就径直走进黑夜中。其他人跟随其后，先是沿着狭窄的人行道，又跨过几条街，最后爬上一个缓缓的斜坡。

坡上已经密密麻麻地站满人，扛着三脚架的摄像们一个箭步冲上去把仅存的一些缝隙也填上了。我踮起脚尖，终于看到乌泱泱的等待出发的游行队伍。现场临时架起的照明灯只打亮最前排，我认出了一个多月前被美国释放的三位古巴特工，他们现在是各种活动中最受欢迎的嘉宾。

队伍一直向后面的台阶延伸，每一排都比前一排站得更高，到后面已经密密麻麻地交织在一起，仿佛重重的人影能够一直连接到夜空中。我估计有好几万人，虽然他们都隐身在黑暗之中，但犹如群鸟般的移动光点勾勒出人群的边界。

我虽然是哈瓦那的常客，但总能撞见陌生而新鲜的地点。然而这一次，黑夜把我捉弄了。在人群的尽头出现了一个圆形的白色光晕，在摄像机的寻像器里，一尊展开双臂的雕像显露出来。

"这里不就是哈瓦那大学的正门嘛！"我脱口而出，为自己的迟钝羞愧不已。

每年火炬游行的起点都是哈瓦那大学的阶梯广场，终点则是一公里外的历史古迹"马蒂关押处"，当年西班牙殖民政府把支持独立的古巴人都囚禁在此。火炬游行的本意就是在这个历史古迹迎接何塞·马蒂的生辰。

兴奋退去后，我立刻开始感觉到寒意。冰冷的海风跃过海滨大道浅浅的石堤，沿着圣拉萨罗大道一路逆袭。当地人都穿上了提前备好的夹克，有的甚至还煞有介事地套上高领毛衣。这种未雨绸缪并不完全来自对安的列斯岛屿气候的熟稔，这是古巴人一年中唯一能够做此打扮的时刻。同样生活在热带地区的巴西人也有这种近似本能的习惯，只要在空气中嗅出一丝寒流的味道，他们就立刻从衣柜深处刨出围巾、皮靴，即使只能勉强穿上半天。

与他们相比，我仿佛是一个不合时宜的、来自相反季节的人。衬衫的浅蓝色能在阳光炙烤的露天拍摄现场营造出望梅止渴的凉爽，但在此时不过是徒增烦恼。我把衬衫最上端的扣子也系上了，又试图躲到路边一块长条石碑的背后，但都于事无补。唯一能依靠的是我手中枪式麦克风毛茸茸的防风罩，这个平日里用来屏蔽风声的设备成为我在哈瓦那寒夜中的温暖来源。

广播里传来扑哧扑哧的噪声，但队伍并没有即将行进的迹象，只见一群人从另一侧上场了。我一眼就看到牛高马大、一头银发的迪亚兹—卡内尔，这位当时的古巴第一副主席穿着一件红色的阿迪达斯运动服，仿佛一个足球队教练。白色的横条设计从肩部延伸到手肘，在腋窝偏上的位置又拼接了一块蓝色的三角形。在任何时候看到这件外套，你都会对衣服的设计感到疑惑。迪亚斯—卡内尔手里捏着的一小幅古巴国旗解释了他的选择。红、白、蓝是古巴国旗的配色。

学联代表上台致辞。这个看上去 20 岁不到的古巴男学生穿着时髦的深色牛仔外套，短发梳得很齐整，鬓角修成了方形。他手里捏着一小张用手誊写的讲稿，银色的牙套在他豪情满怀的长句中若隐若现。

在致辞接近末尾的时候，夜空中响起了小号演奏的进行曲。仿佛接收到信号一般，原本如深海暗礁般的人群中闪现出零星的火光，一开始还只是散落在各个角落，但很快就连成了抖动的红线。人们用自己的火炬点燃身旁的火炬，红线也由此向前后左右延伸开来。在这种如同磁力般的晕染下，整个阶梯广场很快就成了一个即将喷发的火山口，而阿玛·玛德尔的雕像反而消失在阴影之中。

由火光庇护的硕大方阵开始向前移动，犹如流淌在乌黑山壁上的滚烫岩浆，升腾起的白色烟幕更是让视觉发生了膨胀。在那一个瞬间，我突然对集体主义美学有了新的理解。

然而这种魔力并没有持续下去，当游行队伍走上了圣拉萨罗大道后，冲天的火光开始一遍遍地被稀释着。通往目的地的路线不止一条，每经过一个岔路口，队伍就出现一次分流，人群也慢慢松开。

我因此有机会看清人们手中的火炬，它是用一根细条木棍和一个空易拉罐做成的。罐口被剪开了，里面塞着燃料。

参加游行的几乎都是年轻人，他们兴奋又害羞地对着镜头招手。每当我拦下一个人采访时，其他人就都好奇地围了过来，瞪大眼睛看看他，又看看我。

古巴的年轻人怎么看待两国关系的解冻？

"美国是离古巴最近的国家，应该改善和古巴的关系。"

"两个邻居应该互相帮助，共同合作。"

他们是那么松弛和自信，这中间有一种莫名的说服力，似乎任何的质疑都是不应该的。

我想起卡斯特罗的信，这位年近九旬的老人揣测过一任又一任美国总统的心思，可是当时代的潮流犹如今夜的火炬游行般迎面袭来时，他是否还有足够的勇气去接受它。

街角的路面上散落着一堆用过的火炬，消防员正往上面洒水，确保再微弱的火苗都熄灭了。重回黑暗的街道回荡着轻快的足音和交谈声。

然而每当回想起火炬游行的那个夜晚，我都十分内疚，因为卡斯特罗才是那个对的人。

第六章

往事如雪茄烟

在古巴，雪茄的选题通常会吸引到两类外国记者。

一类是最懒惰的那一群。拍雪茄的申请是最容易通过的，而且出行方便，甚至从他们下榻的宾馆步行就能抵达。我总是想象坐在 23 街空调机轰鸣的办公室里的古巴外交部官员在收到这个选题时长舒一口气，雪茄厂的联系电话早已烂熟于心。

另一类是最勤奋的那一群。雪茄的故事早已被他们的同行和前辈吃干榨净，工艺上的亘古不变虽然捍卫了品质，但这种停滞却是新闻业最忌讳的。记者不得不艰难地在一层又一层的茄叶上赋予新的诠释，专业难度不可小觑。

初来古巴的人会觉得雪茄的形象犹如一个如影随形的密探。在何塞·马蒂国际机场，最醒目的免税品就是雪茄，除了几瓶上了年份的圣地亚哥朗姆酒外，它们是唯一被精心陈列在玻璃柜子里的商品。在哈瓦那老城区，街边的摊贩会时不时打听驻足的游客是否想顺便捎几根雪茄。好几次走在路上，有神情诡异的陌生男子径直向我大步走来，在擦肩而过的一瞬间亮出手里的雪茄，这种颇带谍战片风格的推销方式让我哭笑不得。

即使在乡间野外，来历不明的雪茄也会突然围堵你。向西而去的一日旅行团概率最高，比那尔得里奥省除了有桂林般的起伏石灰岩山丘外，还拥有肥沃的红土，古巴品质最好的雪茄叶大多产自那里。不过专业的种植园并不对外人开放，游客只会在田间撞见一小丛被晒蔫的雪茄植株，它们的出现并非巧合，土径的尽头通常能见到一间用来晒雪茄叶的草屋。农民们把一张张烟叶的茎部通过针绳穿成一串，然后像挂浴帘一样匀称地搭在一根根木条上。

这个阶段的雪茄叶在风和地球引力的作用下已经变软，颜色也开始变深。只见身手敏捷的小孩在闷热的黑影中爬上爬下，娴熟地挪动着挂满雪茄叶的木条。即使外行如我也晓得，雪茄叶从目前的颜色到完全风干还需要好几个礼拜的时间，之后的两次发酵更是费时又费工，然而草屋外的一张围满游客的小木桌上，农民正用一小沓棕色的干烟叶现场展示手工卷烟。工序上的戛然而止可见此般偶遇只是当地朴素旅游业的一部分。

古巴最重要的两种出口商品涵盖了味觉的两极。蔗糖的甜连味蕾最迟钝的食客都会立刻品尝出，而雪茄之苦能让最受生活宠幸的那群人也有所感触。不过世人对甜味的理解都是相似的，对苦味的品鉴却各有不同。当美国对古巴实行禁运后，蔗糖很快就在社会主义阵营找到了新的买家，而雪茄则失去了采购量最大的老主顾。

很难说在古巴烟农和美国雪茄爱好者之间，谁受到的打击更大一些。出现在美国人手中的古巴雪茄一部分是通过黑市高价购入的，只有在最需要庆祝的场合才会被点燃；另一部分则是来自其他加勒比小岛的赝品，即使网络上充斥着详尽的打假指南，也阻挡不住烟客的一心向往。

宣布美古破冰的当晚，奥巴马就被无孔不入的白宫狗仔队拍到和古巴雪茄的合影。那是在一场光明节庆典上，有来宾递给奥巴马一根上等的古巴雪茄，这位前烟民立刻手势娴熟地接过来嗅了嗅，一脸享受的表情。不知道奥巴马会留下这份小礼物，还是会将它转交给特勤局。美国媒体倒是调侃道，既然要和古巴复交了，奥巴马想抽古巴雪茄就不再是问题了。

复交和解除禁运并没有直接的因果联系，后者需要国会批准，而当时的国会又是由共和党人主导的。不过未雨绸缪既是记者职业病中炎症最轻的一项，也是一种狩猎选题的本能。美国年均消费 2.5 亿根，稳居全球榜首，古巴当前的雪茄产业能否应付得了美国这个巨大的市场？

费利佩·埃雷拉农业生产基本单位距离哈瓦那一个多小时的车程，它是离首都最近、同时古巴外交部认为最适合向外国媒体开放的雪茄园。那里的烟农在说"我们"的时候都用"合作社"这个词，总让我觉得交谈现场还存在着一个看不见的第三方。不过集体主义的优势是明显的，那里的雪茄植株长得异常壮硕，甚至不像植物，反而犹如一只只亮绿色的小动物。

烟草田罩着一层薄纱布，这种方法叫作阴植法，烟草能够在薄纱布的阴影下生长，避免阳光的直射，在这种条件下生产出的烟叶更光滑和富有弹性，最适合做成茄衣，也就是裹在一根雪茄最外层的烟叶。茄衣是一根雪茄最昂贵的部分，据说占了百分之八十的成本。卷在茄衣里的茄套和茄芯则通常用阳植法生产，植株完全生长在没有遮挡的田地里，烟叶因此充分吸收了阳光，晒干发酵后的味道也更浓郁。

接待我的阿曼多·特鲁希略·贡萨雷斯是古巴雪茄最佳生产奖的得主。这个奖项的颁发是一年一度古巴国际雪茄节的高潮环节。阿曼多戴着一顶翻边的牛仔帽，言谈间也颇有一副西部拓荒者的神色。这个种植园是1993年他和其他合作社的成员向银行贷款投资的，足足熬了18个月才等来第一笔回报。好在万事顺意，创业时的孤注一掷到了今天也只是嘴边的寥寥几句。

我们踩在松软的赭色土壤上。这种特殊的颜色源于氧化铁，充沛的雨水冲走了土壤中更加易溶的化合物，氧化铁则留了下来，成为烟叶生长过程中亟须的矿物。当我感叹一棵棵植株排列得如此整齐时，低头发现它们的根部都被两根铁杆围住，可见当幼苗最初被移植至此的时候，就已经被划定了生产范围，从而确保每一片叶子都得到较为平均的日照。

在裸露着红土的过道上能瞥见几个堆满新鲜雪茄叶的担架，叶子被紧紧地叠在一起，再用一块撕出四个脚的纱布牢固地绑住，足有半人高。这些纱布是遮阳的顶棚淘汰下来的，有完全相同的花纹和质地。

"一棵雪茄植株平均有 16 片叶子，它们是成对长出的，大概会分成七八层。"

阿曼多找了一棵和他肩膀同高的雪茄植株，宽阔厚实的青叶有一种绸缎般的光芒，让它呈现出一种高定时装独有的层叠廓形。

"每对叶子的成熟周期间隔 6 到 7 天，所以采摘时也得从下往上分期完成，"阿曼多指了指植株的根部，那里的叶子已经被摘掉，仿佛身着华服的模特踢掉了鞋子，"一棵雪茄植株完成收获需要 40 多天。"

农耕所蕴含的节气和时间规律对于生长在城市里的人有一种催眠般的吸引力，但我还是想起了拜访种植园的原意。

"古巴的雪茄生产能力已经到达顶峰了，"阿曼多用手比画出一座山峰的形状，"因为所有的土地都用上了，没有多余的地方。"

虽然古巴有着所有海岛国家都面临的局限，但在我粗浅的记忆里，一旦离开哈瓦那，随处都可以看见空旷无人的田地，这常常让公路旅途略显乏味。

古巴国家统计局的数据证明这并非我的主观错觉，超过 50% 的古巴耕地没有被充分利用或者处于休耕状态。然而并非所有的耕地都适合用来种植雪茄，这中间既有土壤条件的制约，也有政策分配上的顾虑。甘蔗的种植面积占古巴已耕地面积的 55% 以上，虽然国际糖价浮动不及雪茄稳定，但以量大取胜。

"除非政府把其他农业用地规划来种雪茄叶，否则已经没有上升的空间。"

阿曼多的回答有点出乎我的意料，不过他信誓旦旦的语气让我相信这是他经过实际考证得出的结论，这里面夹杂着对官僚制度的无奈。毕竟在一个烟农的心中，没有什么比闲置的耕地被改造成雪茄种植园更接近理想的生活了。

既然横向发展空间很小，那么只能寄希望从纵向的角度提高产量。传统的种植方式是风吹雨打地自由放养，烟叶的收成率只有5%，阿曼多和他的合作社伙伴们通过阴植法把棚内的温度控制在30摄氏度，湿度也调节至最适合植株生成的水平，收成率因此提高到50%。除此之外，引进抗虫害能力强的种子和充分施加绿肥也都在他们的增产措施中。

费利佩·埃雷拉农业生产基本单位的产量达到每公顷1.7吨烟叶，这在专门种植茄衣的种植园中名列前茅。然而阿曼多并不认为技术改进占据了所有的功劳，当我们穿行在闷热的大棚里，他一次次见缝插针地强调勤奋劳作才是高产的秘诀。

"雪茄园里九成的工作都得依靠人工，从种植到采摘都很难借助机器，所以高产的秘诀就是劳动。"

我很自然地想到雪茄植株从下往上的采摘顺序，这有别于潘帕斯平原上一望无际的豆田，很难将收获的程序机械化。不过更关键的原因在于烟草的自然气味会受到机器的污染，只有烟农们丘壑遍布的双手才是最保险的。

哥伦布认为古巴是雪茄的发源地，他在航海日志里记录了一种"燃烧的木头"，并将这个观点植入了欧洲人的脑子里。和大航海家的其他致命误解一样，历史学家总能将它们连根拔起。在一个出土于危地马拉的玛雅陶器上，人们发现了抽雪茄的场景，可见至少在公元 10 世纪，生活在尤卡坦半岛的玛雅人就已经有吸食雪茄的风俗。

然而古巴作为全球最佳雪茄产地的地位是无法撼动的。在欧洲船队抵达美洲后的 300 多年里，古巴雪茄风靡欧洲的贵族圈和上流社会。真正改变古巴雪茄产业的事件发生在 1817 年，西班牙国王费尔南多七世正式允许古巴自由贸易。在短短两年时间里，上百家雪茄厂如雨后春笋般在古巴出现。到了 19 世纪中叶，雪茄种植园的数量多达 9000 多个，不同规模的雪茄厂和作坊加起来也超过 1300 多家。

这个革命性的变化其实有一个鲜为人知的背景。在 17 世纪下半叶，雪茄厂都开设在西班牙，晒好的雪茄叶则从古巴一船一船地运到伊比利亚半岛。到了 18 世纪末期，人们终于认同卷好的雪茄比雪茄叶更能抵挡跨洋旅途的颠簸，所以渐渐地把雪茄厂转移到了原料地，而卷烟的手艺也在转了四分之一个地球后回到古巴。

帕特加斯雪茄厂坐落在哈瓦那圣卡洛斯路的拐角处，虽然正门的两侧各有两根古希腊风格的立柱，门框上也爬满新古典风格的雕花，但建筑周围塞满了民居模样的小楼，四处缠绕着的电线又将楼房之间的缝隙切割得支离破碎，再气派的门面也被这逼仄的街巷遮挡住了。

这个享誉世界的雪茄品牌其实拥有另一个更显赫的地址：工业大街 520 号。那栋漆着栗色和奶油色的四层殖民建筑从 1845 年就矗立在那里，它最具特色的部分是楼顶的牌坊。建筑师的原意或许是打造出一个带有王室隐喻的设计，一如它"皇家雪茄厂"的楼名，但我总觉得它更像鸡冠。地理位置是极好的，与其说厂址和国会大厦一街之隔，不如说后者攀附了它的风水宝地，至少从竣工的先后顺序可以这么看。

然而声名远扬的雪茄之家如今只剩下旧灯塔般的象征意义和一间雪茄零售店，卷烟车间在几年前就搬到了中城的这栋楼里。大门的正上方还能看见原主人的姓氏"波拉克"。这个来自内布拉斯加州的美国佬有两个嗜好：卖雪茄和兴建豪宅。这些都在古巴实现了，马克·波拉克是 20 世纪上半叶最著名的雪茄出口商之一，他还在哈瓦那拥有不少房产，其中以西南郊一栋如宫殿般华丽的大宅最为有名。

帕特加斯的新厂是波拉克曾经的雪茄仓库，这或许能解释周边浓厚的市井气息。走进大门后却是另外一番光景，宽敞的天井一直打通到四楼，楼顶还有整整一圈的天窗，显得十分透亮。站在铺着棋盘般黑白方砖的大堂里，可以仰望见一层层围着锻铁栏杆的回廊和进进出出的雪茄工，从每一扇门里传出来的工具碰撞的声响又交织在半空中，让这个不断向上延伸的空间有一种鸟笼般的喧嚣。

视线中最碍眼的原本是天井里的一座方形塔楼，它像一根轮廓单调的烟囱，里面装进了用来运货的老式电梯。雪茄厂用一个很简单的方法就将这个问题掩盖住：挂上一张巨大的卡斯特罗黑白海报。这位最佳代言人手里夹着一根雪茄，一副相当文艺的黑框眼镜推在脑门上。

上楼时一群游客和我擦肩而过，这让我有些沮丧，想起亚马孙雨林民俗村里又当舞者又做后勤的印第安人。可是一迈进卷烟车间，我立刻就被一种富有节奏感却又稍显纷乱的工作氛围吸引住，并没有觉察出旅游业特有的刻意痕迹。每个车间都占据了半层楼的面积，里面密密麻麻地摆满了木桌，两个人共用一张。桌面上堆着雪茄叶和型号不同的工具，零零散散的东西多到快要滑落，但又如同走钢丝的杂技演员一样把握着平衡。

无论我怎么观察，都无法从卷烟工的身上找出任何规律。有身形模糊的中年妇人，她们把头发绑紧扎在脑后或者戴一块头巾；肌肉隆起的壮小伙套着颜色鲜艳的背心，让人觉得卷烟的工作对他们来说只是漫长一天的过场罢了。一位短发的卷烟工长得极像迪尔玛·罗塞夫，我甚至得多瞧几眼才能最终确定她不是巴西女总统的分身。各个年龄段、肤色和外貌都能在这里看到，假设有一个大铁环"哐"的一声从天而降至哈瓦那街头，估计就框住这么一群人。

如果只是站在一旁观摩，着实无法看清雪茄到底是怎么卷成的。在雪茄工人的手掌间，几片深浅不一的棕色干叶一吹烟就变成了一根小圆柱，既像变魔术一般神秘，又比折纸还轻松。即使他们已经很体贴地放慢速度，还是让我眼花缭乱。

我提出亲手试着卷一根，陪同参观的向导于是搬来两套工具，又不知从哪里抓了一把犹如布匹般的烟叶，然后把我带到车间后面的空位上。他叫古斯塔沃·加西亚·贝约，剃着接近光头的短发，身穿一件胸口印有帕特加斯标志的红色马球衫。衣着的欺骗性是巨大的，这件松松垮垮的制服掩盖了他的真实身份：一位大师级的卷烟工。不过他已经晋升到了管理层，只在一些重要的场合或者出国的雪茄交流会上展现手艺。

另一个让古斯塔沃有别于其他雪茄工的地方在于语言能力。他会说英语，所以大多数外国记者都由他接待。得知我能用西班牙语交流后，他似乎轻松了不少。

"我通常会抽掉当天卷的第一根雪茄，"古斯塔沃随手把烟叶拣成好几堆，门牙上的黑色烟渍清晰可见，"工人可以在车间里抽自己卷的雪茄，但都掂量着，担心影响到每天的订额。"

他先挑选出一张品相不错的茄衣，将它沿着叶柄对折，小心撕成两半，叠放在桌面上备用。接着取两片烟叶分别卷起后并排握在手心，这就是雪茄的茄套，可以明显感觉出质地更粗糙，张力也更好，能够发挥固定结构的作用。

"接下来的这个步骤非常重要，"古斯塔沃把一小片细长的烟叶夹在茄套里面，"这一片叫作浅叶，是这根雪茄的茄芯。"

和名字相反，浅叶的颜色更深，香味也更浓烈，这源于它长在植株的顶部，接收到了充分的日照。

茄芯是一根雪茄的主味，但并不完全由"浅草"决定。只见古斯塔沃又从两片不同的烟叶上撕下碎片，填进茄芯里，口中还念念有词。

"来一点这个。"

"再来一点那个。"

"嗯，很好。"

这两种烟叶是干叶和淡叶，分别长在植株的中部和底部。它们的功能不同，前者平衡主味，后者确保茄芯能够良好均匀地燃烧。如果一根雪茄味道醇厚，多半是因为茄芯里浅叶的比例更高，而肯尼迪喜爱的乌普曼牌雪茄口味温和，可见干叶和淡叶更多一点。

当茄套和茄芯都卷好后，古斯塔沃就用桌面上的两片茄衣将它们裹起来，然后在切割台上"咔"的一声切断它的末端，整齐美观的烟脚就露了出来。后头还有很多道工序，不过已经能看出雏形。

虽然依样画葫芦，我手中的烟叶却仿佛几只奋力挣扎的螳螂。好不容易熬到可以"断头"的时候，却又散了一桌。我又试着卷了第二根，虽然勉强成形，但烟脚参差得如同犬牙。

无论多么讲究天赋的工种，其中很大一部分都是可以靠后天练习达成的。我并没有自惭形秽，如果给出足够的入门时间，我一定也能卷出像模像样的成品。相反的是，我有一种顿悟的兴奋感。一根好的雪茄追求香气、味道和可燃性之间的平衡，可它无法通过刻度表现出来，完全依靠雪茄工的手感和判断。卷出来的雪茄虽然每一根都有略微的区别，但品质的统一是通过对平衡的把握体现出来的，而不仅仅在于外观上的重复。

"这些年古巴市场上已经出现用机器卷制的雪茄，口感不好，价格也便宜。"古斯塔沃用手指从一个小罐里蘸了一点雪茄胶，均匀地抹在茄衣的封口上，"机卷雪茄的茄芯都是用碎烟叶填充而成的，只有采用手撕的方法，人们在享用雪茄时，才会有缝隙让烟通过。"

一个称职的雪茄工每天能卷出 110 根左右的雪茄，无论是咬牙猛拼，还是倦怠放松，差别都只是个位数。古巴目前有 40 多家雪茄厂，像帕特加斯这样日产两万根的雪茄厂并非多数。在一个无法依靠机械化的古老产业里，再复杂的数据都可以用最简单的数学公式计算得出。

"如果能重新打开美国市场将会是一件很好的事，因为他们对古巴雪茄的品质有很好的认知和评价，地理上也离古巴很近，然而我不确定短时间内能卷出足够的雪茄。"

但凡对"后革命时期"的古巴雪茄史有所了解的人都会发

现，福祸相倚的命理学观点也体现在这个产业上。雪茄是古巴各行各业中受苏联解体打击最小的，虽然从东欧进口的化肥和包装材料出现短缺，但作为原材料的烟草基本上能够实现自给自足。美国权威雪茄杂志《雪茄爱好者》甚至认为1990年至1993年是古巴雪茄的黄金期，这个时期出产的雪茄得到了极高的评分。

与此同时，一股雪茄热也在全球范围内升温。到了90年代中后期，享用雪茄成了最受美国人追捧的生活方式，这和当时年增长4%的经济繁荣有关，电视文化的兴起更是从视觉上加剧了各个阶层对雪茄的膜拜。

为了应付这种井喷式的需求，古巴、多米尼加和尼加拉瓜开始大幅度地提高雪茄产量，后两者是借着美国的禁运而在雪茄业寻得天机的后起之辈。然而古巴"和平时期特殊阶段"的后坐力很快就显露出来，用作茄芯的雪茄叶需要醇化一至两年的时间，仓库里的陈年烟叶远远不够。卷烟工的数量也无法匹配，一个合格的卷烟工至少需要9个月的培训。可是古巴政府急于通过雪茄产业挣入的外汇弥补其他领域的亏损，甚至宣布了一个大跃进式的目标：2000年年底前生产两亿支雪茄。

最终，没有任何数据显示目标是否实现，外界甚至怀疑连一半都没有达到。唯一可以确认的是，1997年至2002年间产出的雪茄品质堪忧，一众知名品牌的声誉也严重受损，古巴雪茄产业更是花了好几年的时间才缓缓走出"至暗时刻"。

"即使禁运解除，要把古巴雪茄出口到美国还有很多困难。销售商最先碰到的问题就是商标限制，很多当年撤离古巴的雪茄商都在其他地区注册了同名商标，古巴的高希霸和多米尼加的高希霸就已经打了20年的官司。接下来还要应付美国食品药品监督管理局错综复杂的手续和程序，怎么算都需要好几年的时间。"

不知从什么时候开始，广播里传出了一个中年男子的朗读声。这是雪茄厂源自19世纪的古老传统，据说是为了让卷烟工获取新闻和文化知识。我对这个解释总是充满怀疑，历史证明让工人获得思考的能力从来都不会是资本家的意图，估计只是为了给枯燥重复的手工劳作添加一点白噪声，起到提高产量的作用罢了。它像一块湿漉漉的毛巾般覆盖在古斯塔沃的声音上，我既听不清广播里在读些什么，交谈也一再被刺耳的电流声打断。

年轻的卷烟工径直戴上耳机收听存储在手机里的音乐，工位瞬间变成了一座独立的岛屿。远远看过去，他面前的压模器仿佛一架墨绿色的直升机，随时准备起飞。

首轮外交谈判结束后，美国和古巴又谈了两轮，一次在华盛顿，另一次在哈瓦那。这两次我都没有去现场报道。如同父母更重视头胎的人间真相一样，新闻业也是这般势利。何况奥巴马和劳尔·卡斯特罗大概率会在巴拿马举行单对单的会谈，同行们自然都在为 4 月的美洲峰会养精蓄锐，不想无谓地浪费旅费和有限的精力。

峰会召开的前一周，我从巴拿马匆匆飞了趟哈瓦那，在当地录制几个背景片。4 月的古巴已经回暖，但海风依然强劲，站在海堤上出镜，仿佛一不小心就会被吹到对岸的基韦斯特。即使几天后回到了闷热无风的运河城市，我依然有一种乘船旅行后挥之不去的晕眩感。

一部优秀的纪实报道比电影难拍多了，这是多年来我坚信不疑的。

然而再没有比美洲峰会更像片场的新闻报道了，它具备一部卖座贺岁片的所有元素，两个主角是不合多年的顶流明星，一众配角也都是当红的演员，像是委内瑞拉的马杜罗、阿根廷的克里斯蒂娜，放在任何一部戏里都能独当一面。

两天的会程更是让它拥有完美的时长和剧情发展空间。开幕的圆桌会议即让所有角色登场，虽然台词分配基本平均，但劳尔的"点名"和奥巴马的话中有话都为情节的走向埋下伏笔。会程中期又出现了美委私会，东道主邀功的支线。万种期待的高潮部分设置得恰到好处，一直到真实发生的前一刻都充满悬念，让观众吊足了胃口又没有失望。主角之间看似冰释前嫌，却又暗藏话锋，似乎把续集的线索都铺设好了。全片结束后再来一个大合照，那是片尾缓缓升起的演职人员表。

峰会举办地巴拿马城也像是一个设施完善的影视城，它拥有大量价格合适的商务型酒店，会场有整洁宽敞的工作区和流畅的直播信号，这是巴拿马政府用 320 万美元专项修缮款换来的，花的多半是运河用之不竭的过路费。正门外的广场视野开阔，卫星车一辆接一辆。那些从本部远道而来的特派记者估计以为传说中的驻外生活也不过尔尔。

唯一不在预料中的是特勤警察的乌龙，我在酒店屋顶做直播连线，恰逢奥巴马的车队抵达会场，空中盘旋的直升机误以为摄像机的黑色三脚架是某种狙击设备，连线当下就有一小组别动队冲上楼，惹得几个在露天泳池边晒日光浴的白人游客频频侧目。

和嘈杂高调的美洲峰会相比，7 月的哈瓦那平静得如同一辆午后长途汽车的车厢，市民们在暑气的笼罩下昏昏欲睡，来或去都只是被一种惯性推搡着罢了。在最后几轮外交谈判中，复交的急迫如同已经掩盖不住的孕期，而元首会面后，奉子成婚的心态尤为明显。劳尔意识到解除禁运的终极目标如同水中月，而奥巴马觉察这是自己离诺贝尔和平奖最近的一次。

从操作的角度看，复交的难度的确最小。只需在原有的代表处挂一块新牌，升一次国旗，连一块砖都不用砌。当两国共同宣布 2015 年 7 月 20 号是"良辰吉日"时，看客们多少失去了一些兴致。

世间所有日期的含义都是人赋予的，单从外表上看不出端倪。19号一大早，我就带着古巴摄像出门了。具体要拍些什么毫无头绪，甚至还冒着一丝为赋新词强说愁的嫌疑，但我隐约觉得断交的最后一天有一种被记录和言说的价值。

　　道路的功能是通行，但一条完美的道路却会成为驻足停留的理由。普拉多大道最初的建造者一定不会想到，这条"城外"的新街会在几百年后成为哈瓦那的中心地标。虽然当时的贵族定期乘坐马车在这里接受乐队的喝彩，驻军也会在节庆的时候举行阅兵，但直到20世纪20年代法国景观设计师让－克劳德·尼古拉斯·福雷斯蒂尔铺设了长廊、大理石长凳和鬃毛茂盛的铜狮后，它的富贵面相才彻底显露出来。然而最狡黠的设计莫过于沿路植下的树木，它们在时光的浇灌下生长出连绵的绿荫，在终年炎热的古巴没有什么比这更珍贵了。

　　普拉多大道还为雄心勃勃的建筑师们提供了施展才华的场所。美德街的拐角坐落着一栋摩尔式复兴风格的三层建筑，楼面是浅蓝色的，每一层的拱形门廊都雕刻着样式各异的伊斯兰花纹，让我想起年少时在安达卢西亚阿尔汉布拉宫的旅行。距离它几步之遥的婚礼堂则是一栋新巴洛克式的华丽建筑，虽然竣工时间相近，但设计者显然是鎏金浮雕和壁画的爱好者。堪比教堂般隆重的一楼大堂是当时名门望族登记结婚的地方。

　　已逝时装设计大师卡尔·拉格斐后来将普拉多大道变为香奈儿的伸展台，那些身着华服的妙龄模特踩着现场爵士乐的节拍，在逐渐浮现的夜色中由远及近，仿佛是重访故宅的午夜鬼魅。

然而西半球曾经最耀眼的楼阁台榭已经失宠很久了，早在巴蒂斯塔执政的 20 世纪 40 年代末，富人们就纷纷搬离这里，迁到城西更安静的维达多区和米拉玛区。古巴革命胜利后，这里更是因为常年缺乏修缮变成了一片废墟，房子的内部已经腐朽坍塌，只剩下一个摇摇欲坠的框架。90 年代后卡斯特罗政府着重发展旅游业，终于将它们抢救了一番，保存条件好的复原成星级宾馆，例如位置绝佳的塞维亚酒店，从餐厅的任何一个座位上都可以眺望国会大厦。修复难度大的被改造成餐厅和酒吧，即使墙面斑驳褪色，雕花栏杆也一层又一层的锈迹模糊了轮廓，但这种时光胶囊般的气氛正是外国游客真正向往的。

我沿着普拉多大道向海堤的方向走去，虽然是周日，但长廊上行人寥寥。一个头发染成金色的中年妇女在树荫下贩卖手工艺品，图案是用彩色细珠串起来的，有大小不同的古巴国旗，绿色和红色的切·格瓦拉头像。唯一吸引我多看几眼的是一副穿着红色泳衣的女子背影，她的脖子上挂着一条紫色的浴巾，但微微转过来的脸上却没有五官，颇有点马蒂斯的画风。

然而最有艺术价值的或许是用来悬挂商品的锈红色铁架，它既像是从老房子上拆下来的门框，又像是竖起来的旧式床架。无论它的原型是什么，肯定经过了加工和焊接，从而满足这个阶段的功能，毕竟这是古巴人最擅长的。

五个黑人妇女围坐成一圈，她们的肤色从深至浅，手中都抱着厚厚的册子，其中两人坐在沙滩椅上，另外三人的凳子则是用木条拼接成的。她们的举止看上去很亲密，但神情却是生疏的。

每张石凳上都坐着人，有的在看报纸，有的只是坐着什么都不干。有互不相识的两个人各坐一侧，中间离得很远。我总觉得这些人并不是在此歇脚片刻，而是精心地打扮整理了一番，专程来这里度过周末的上午。这一个空间就是他们的目的地。

似乎连路上的车都变少了，我的目光停留在对街楼房的一扇蓝色木门上，上面是一幅外星人的涂鸦，足足有一层楼那么高。门廊的方柱上也有一个外星人，但背景被涂成红色的，仿佛来自不同的星球。他们巨大的眼睛充满情绪，仿佛因为被囚禁在哈瓦那光天化日的街道上而感到极其委屈。

在城里乘车转了一圈后，我终于在两个地点寻觅到成群的哈瓦那人。一个是维达多区的超市，离营业时间还有半个小时，但大门口站满了人，犹如围堵明星的热情影迷。两侧细窄的窗台上也有人半蹲半坐着，可见很早就等在这里了。

我和一个身穿浅蓝色夏装的老妇人闲聊了几句，她说自己常年需要服药，但经常买不到，所以希望禁运尽快解除。也不知道说到哪儿，她突然把钱包取出来。我的第一个反应是里面肯定没几张票子，没想到纸钞塞得厚厚的，还有几张面额不小的外汇券。直觉告诉我应该就眼前所见问点什么，但思维全然没有跟上。正当我磕磕巴巴地试图掩饰尴尬时，超市开门了，她仿佛被吸进旋涡般跟随人群涌进了大门。

另一个地点在记者站办公室的楼下，那里有古巴电信公司的营业厅。周一到周五，这个哈瓦那唯一的涉外商务中心都安静得如同海市蜃楼，每回撞见工作人员吃完午餐后慢悠悠地回到冷气强劲的营业厅，我都坚信这是全古巴最令人羡慕的职业。然而此时一楼的走廊上喧哗得如同假期中的游乐园，而且很多都是全家出动的阵容。

我问了大楼外身穿白衬衫、黑色西裤，脚穿皮鞋的保安才知道，这里新开了一个无线上网的公共区域。现在回想，那是古巴最早的一批露天网点，后来扩展到公园和普通街道。

营业厅外购买网卡的队伍并不长，因为大多数人都已经在使用每小时2CUC的无线网络，从他们一脸满足的表情就可以看出。有一个中学生模样的女孩抱着一台黑色的笔记本电脑，专注地敲着字，仿佛完全靠指尖的摩擦力将电脑拖在膝盖上。几个年轻小伙共用一把手机，他们在浏览社交网络账号。

一对中年夫妻并肩站着，各自握着一把手机。女的正在视频通话，她略显刻意地把耳机线上的麦克风举在嘴边，仿佛是在模仿某个当红电视剧里的人物。男的同时戴着两副墨镜，镀金的那一副架在额头上，显然是为了装饰用的。从远处看，他们的项链、手表和耳机线全部缠绕在一起，仿佛是困在蛛网中却浑然不知的猎物。

这让我想起自己十几岁时最开始上网时的经历，并没有需要查收的邮件，也没有必须联络的网友，但每张逐渐膨胀开的网页都是一个新的世界。

突然间，我竟有些嫉妒他们。

"我感觉棒极了。"一个身穿紫色条纹衫的英俊小伙说。他的妹妹和母亲就在旁边，年轻的女孩也穿着一件不同款式的紫色条纹衫。也许兄妹的年龄比我想象中的还要小，还处于母亲挑选衣服的阶段。

"真希望有一天在家就可以上网，不用来这里排队。"

他的母亲得意地看着自己的儿子，又看了看我，似乎周日的行程比她预期中的又多了一个收获。深陷禁运中的古巴人不自觉地生活在对外界的幻想里，把他们遇到的每一个外国人当作另一种人生的符号。我在这两个紫条纹衫兄妹和他们的母亲眼中代表着可以随时随地上网的人生。

极少有人注意到这个周日的特殊含义，我有一点沮丧，但想到古巴人能够专注于如何生活得更好，这显然是一件好事。或许晚点许久的他们终于搭上了快车，连复交这个崭新的话题都变得陈旧了。

我决定在当地报纸上寻觅线索，这是奈保尔早年游历各地时的一种相当频繁的手法，在他第一本非虚构作品《中途航道》中，报纸的节选常常占据了过多的篇幅，读完总觉得满手都沾满了印刷的黑色油墨。

《格拉玛报》是我的首选，但报刊亭只剩一份《起义青年报》。不要被它的名字欺骗了，它也是一份机关刊物，曾经的起义青年已经步入无论是行动还是思想都有些僵化的晚年。这并不重要，毕竟古巴每一份报纸的内容都大同小异。

我坐在人行道旁的花坛边上，里面没有植物，只剩下一个空荡荡的水泥墩。报纸的头版是一篇儿童节的报道提要，7月的第三个周日是古巴儿童节。左右两个角落的报道分别是古巴代表团出席尼加拉瓜桑地诺民族解放阵线革命胜利周年庆祝活动和古巴运动员在多伦多泛美运动会上的表现。接下来几版都是和日常生活相关的特写和专栏，甚至还有书评。

一直翻到倒数第二页，才终于出现一篇发自华盛顿的报道，标题是《早安革命，早安"美国"》。

"在历史性的周一，花园里的鲜花和美好的夏日阳光问候着华盛顿的古巴驻美国大使馆。"

这句题记暗示了全文的风格，它既不是新闻报道，也不完全是评论，更像是一篇散文形式的长诗。

"华盛顿西北区 16 街 2630 号的大宅前，旗杆如此坚固，它是古巴人民尊严和反抗的立柱，在半个多世纪的战役中屹立不倒。"

文章还引用了美国非洲裔诗人朗斯顿·休斯的一篇名为《早安革命》的长诗，看来标题就是从诗里得到的灵感。

然而在海潮般此起彼伏的抒情段落间，我还是找到了古巴官方媒体对于这个周日的定位。

"古巴与美国从 12 月 17 日开始的第一阶段即将结束。明天，2015 年 7 月 20 日，外交关系将重新恢复。"

我觉得这个说法十分有趣，如果用夫妻关系来形容的话，他们把复婚的前一天作为商议复婚阶段的最后一天，又把复婚的第一天作为新婚的第一天，总让外人觉得这中间有一段时间被刻意遮盖住了。

读报的时候，古巴摄像在路边偶遇了一个多年不见的相识。对方是一个有些年纪的男子，在等公共汽车，据说是哈瓦那电台的新闻播音员。我问他还在工作吗？他说没有了。我问他是否已经退休，他又说还没。不过这并不奇怪，很多古巴人都有不止一份工作，常常上午一个身份，下午另一个身份，这是他们补贴家用的方法。

播音员的声音不会撒谎，即使在嘈杂的路边，他说起话来也清晰悦耳。我突发奇想让他设想自己是当天的电台主播，临场念一段晨间新闻的开场白。他很爽快地答应了。

"听众朋友们，早上好！今天是 7 月 19 日，再过不到 24 小时，古巴和美国就要正式恢复外交关系了。"

话音刚落，公共汽车到站了。他拽起摊在地上的一个袋子，一边朝我们挥手，一边跳上车。

🌪 🌪 🌪

　　我们把车停在叹息公园边上的一条巷子里，然后扛着设备一路步行到利益代表处。美国国务院已经宣布开馆和升旗仪式将在 8 月中旬由时任国务卿克里亲自主持，复交当天不会有任何活动，但这并不妨碍我们去那里一探究竟。在记者们固执的理解中，没有新闻本身也可以是一种新闻。

　　古巴虽然终年炎热，但盛夏并未因此失去特征。如果把这里的四季比喻成一个人跳绳，七八月就是绳子划过脚边的那一刻，在一种轮回般的惯性中，需要更多一点气力和忍耐。

　　烈日当空，无论是移动的人，还是反帝广场上密密麻麻的旗杆，此刻都只在滚烫的路面上投射出一个黑色的圆点。利益代表处的南边有一栋刚刷新的蓝色楼房，它的一层走廊比其他楼层多出了一个弧度，如同沙漠中的绿洲一般成为最炙手可热的位置。好几个月前，美国的电视台就把这个几平方米大的角落租下来做直播点。此时工作人员已经搭好了一个正方形的白色帐篷，在方形的阴影里高高低低地架着一根根如狙击武器般的设备，但如果仔细看，大多数都是灯具，唯一的摄像机反而像一个懦弱的士兵，从冲锋陷阵的营队中微微探出一个脑袋。或许对于佛罗里达海峡对岸的人来说，唯一需要战胜的是古巴的光线。

　　无论哈瓦那的汽车多么老旧，当它们一驶上海滨大道，总

215

有一种回光返照般的傲慢，仿佛一再加速就能够穿越回那个声色犬马的出厂年代。正当我们像往常一样走过反帝广场，准备在呼啸而过的车流间寻找横穿的时机，突然发现利益代表处的正门口有人架着一台摄像机在拍摄，他们胸前挂着的长方形证件被风吹起。

古巴外交部颁发的短期记者证是一张非常简单的压模卡片，只有碰到特殊的活动才会多附上一条红色的挂绳。常驻记者拿到的记者证有信封那么大，印制得也更精美。在我的驻外生涯中，绝大多数采访对象都对记者证这种东西视而不见，以至于我对它也始终是一种可有可无的态度，但每次看到常驻古巴记者的记者证，我都莫名地心生羡慕，和他们站在一起时总感到气短。

我有些疑虑，难道利益代表处正门前的这块禁地终于开放了？周围看不见任何文字说明，但常驻记者不可能冒失行事，至少比我这种横冲直撞的串门同行严谨多了。摄像也觉得很意外。我们于是掉转方向，故作镇定地朝利益代表处走去，但内心慌张得如同刚破壳不久的海龟第一次接近海浪一般。

然而站岗的士兵并没有上前阻拦，似乎连眼睛都懒得眨一下，我们就径直来到了利益代表处的正门口。这是哈瓦那的神奇之处，常常只隔几步路的距离，就会在熟悉的街区发掘出一个全然陌生的地点。这自然和角度有关，就像此刻的利益代表处，我从未从这个角度观察过它。由于戒严的距离限制，这栋建筑的景观总是和旗杆方阵重叠在一起，而若站在几公里外的海堤上，更是需要借助那一团由旗杆编织成的云雾来定位它的位置。像这样忽略了所有的参照，从正门前仰视它，对我来说还是第一次。

这个视角大概和 20 世纪 70 年代末的哈瓦那人最为接近。1977 年，代表民主党的吉米·卡特一入主白宫就向古巴抛出了橄榄枝。短短几个月内，他解除了美国人到古巴旅行的禁令，允许对古巴出售食品和药品，甚至同意美国领土以外的美国子公司和古巴做生意。

对古政策的大洗牌如同墨西哥连续剧一样高潮迭起，而其中又以互设利益代表处最为扣人心弦。卡斯特罗曾经在一次采访中坦言，利益代表处的建立很大一部分要归功于卡特，古巴和美国因此可以在没有正式外交关系的情况下在哈瓦那和华盛顿设立各自的代表机构，相当于朝着关系正常化投掷出了第一颗球。

其实利益代表处的大楼险些变成古巴渔业部的办公楼，之所以能完璧归赵，还是前瑞士驻古巴大使埃米尔·施塔德尔赫费尔的功劳。1964 年，已经断交的美国和古巴在海上发生冲突，海岸警卫队扣押了古巴的四艘渔船和船员，古巴则以切断关塔那摩美国海军基地的供水作为报复，并且计划占领馆舍来达到进一步羞辱华盛顿的目的，即使这栋建筑在美古断交后就一直由瑞士大使馆管辖使用。

施塔德尔赫费尔阻止了这件事的发生。在各种流传的版本中，最具画面感的要属他在"兵"临楼外时当机立断地闩上使馆大门，严正警告古巴不能违反《维也纳公约》的红线。根据公约规定，使领馆的馆舍为外交财产。

卡斯特罗最终退让了，这栋建筑也躲过同美国雪茄厂、甘蔗园、银行和酒店一样被国有化的命运。这其中既有卡斯特罗的自持，也归因于施塔德尔赫费尔的社交能力。相传施塔德尔赫费尔是为数极少能够随时联系卡斯特罗的外国使节，他还多次作为中间人化解了纠纷，包括在古巴导弹危机平息后劝说卡斯特罗重新允许美国客机飞越古巴领空。

个人因素对公共外交产生的影响常常被过于教条的政治学家忽略掉。1977年美古关系的快速回暖在一定程度上取决于卡斯特罗对卡特的欣赏。在前一年的美国大选期间，卡斯特罗就预言了卡特的胜选，或者说他更希望卡特胜出。这个判断源自卡斯特罗特有的侦察方式，他仔细研读了卡特的声明、演讲和访谈。在众多"情报"中自然包括那篇引起轰动的《花花公子》的专访——卡特承认在心中多次犯下通奸罪。

卡斯特罗认为卡特是一个具有宗教渊源的、规矩正派的人，比伦理来自政治理论的人更加有迹可循。这个评价贯穿了卡特整个执政时期，甚至当他离任多年后以个人身份访问古巴时也没有改变。

卡特对卡斯特罗也非常友善，外人总以为两人第一次见面是在 2000 年加拿大前总理皮埃尔·特鲁多的葬礼上，但实际上他们在 1989 年时任委内瑞拉总统卡洛斯·安德烈斯的连任就职典礼上就见过面。卡斯特罗去世时，卡特在悼词中写道："我们深深地记得在古巴和他同行，记得他对自己的国家的爱。"没有一位美国总统作此善言，即便是奥巴马也只是小心翼翼地说"历史会记录和评价他"。

然而美国和古巴并没有如卡特计划的那样顺利复交。当时全球还处于冷战时期，卡特同古巴交好的热情自然显得尤为碍眼。南佛罗里达的反古阵营强烈反对白宫和卡斯特罗政府接触谈判，卡特的顾问们也担忧新的对古政策会在通货膨胀的背景下引来更多的政治风险。与此同时，卡特在一系列外交风波上也备受挫折，单是 1979 年就发生了美国驻伊朗大使馆人质危机，苏联入侵阿富汗和尼加拉瓜亲美的索摩查家族被左翼游击力量推翻。

或许媒体人最深有体会，新闻也有大小年之分。这其中纵然有隐藏水下的因果脉络，但很大程度上也有偶然性。面对如此风云动荡的一年，再强悍的白宫之主都会措手不及，但这给虎视眈眈的共和党人提供了说辞。赶在对手自我定义前先定义对方历来是美国选举政治最古老的一条训诫，以里根为首的右派人士自然开始疯狂抨击"花生总统"的软弱无能。

到了 80 年代初，卡特终于采取了更强硬的对古路线，批评古巴在安哥拉内战中的角色，反对古巴允许苏联在岛上建立军事基地。自尊心甚强的卡斯特罗于是向非洲派出了更多士兵，还乘人不备地炮制了马列尔港偷渡事件。

最终，美国和古巴寻求复交的尝试在卡特任期结束时终止。演员出身的里根一开始就决定拿古巴做戏，不但迅速废除了卡特政府时期的大部分对古调整措施，还将古巴列入"支持恐怖主义国家"名单。后者的惩戒更多体现在名义上，因为原有的经济封锁过于全面，已然没有更多拓展的空间。

一声尖锐的哨音划破空气。我循声望去，铁门内的安保人员正朝我摇手。几个阿根廷游客沿着海滨大道一路晃荡到利益代表处门口，正让我用手机帮他们拍合照。原来禁令并没有完全解除，只有媒体才允许在这个区域采集影像素材。他们从我手中接过手机，又讪讪地晃走了。

这么一来我才注意到当天的安保团队并不是平日里那些身着军装的古巴士兵，他们头戴印有英文单词"安保"的黑色棒球帽，一律白色马球衫搭配黑色长裤。这些古巴籍安保人员和大楼内的文职类雇员一样都来自古巴政府下属的一个劳务派遣中心。根据美古签订的对等原则，美方外交人员限制在 51 人，其余的 300 多人都是当地雇员。出于保密规定，古巴籍员工只能在大楼的一层和二层办公，和保密区域完全隔绝。

趁着过于追求完美的古巴摄像艰难地在烈日下寻找拍摄角度，我找了一块不那么烫的石阶坐下来，拧开一瓶矿泉水大口喝起来。旗杆方阵在大楼玻璃窗上的映射被切割成一个个方块，而且略微扭曲，犹如跳跃的火焰。

　　利益代表处曾经拥有鸟瞰哈瓦那老城的绝佳角度，虽然距离稍远，但却有足够的空间让这座城市最引以为自傲的海堤在它面前画出一道又一道的曲线。彰显气派是巴蒂斯塔时期的美国建筑唯一需要考虑的问题，它们在和煦的亲美阳光中拔地而起，游击的气旋才刚刚在遥远的洋面上生成，无法预见它会升级来袭，还是就地消散。

　　无所顾忌的建筑师还为大楼预留出很大一片空地，既可以用来停靠身形肥大的雪佛兰，也能为来日的扩建提供可能性。他肯定预料不到，这个安排冥冥之中为大楼的命运埋下伏笔。2000 年年初，哈瓦那众多组织频繁地在利益代表处前方的停车场聚集示威，要求美国政府将埃连·贡萨雷斯送还回古巴，这个临时的抗议地点渐渐成为反帝广场的雏形。

　　舞台和几道拱门是在 2005 年 5 月美国摇滚乐团"声响奴隶"抵古举办露天演唱会前搭好的。旗杆方阵的出现则要等到 2006 年 2 月，当时的小布什政府在利益代表处五楼的玻璃窗上安装了电子屏，用来播放各式各样的反古标语。有时还会用上一些让人摸不清头绪的名人名言，像是马丁·路德·金的"我有一个梦想，有一天这个国家会站立起来"。这种自曝家丑的行径让人怀疑实际操作电子屏的人只是例行公事地从一本名言集锦中随意摘选罢了，有几次还忘了打上西班牙语字母特有的波浪号，导致出现啼笑皆非的语意。

连美国特派哈瓦那的记者都承认，如果天没黑透，根本看不清电子屏上的内容。或许向古巴民众传递民主信号是假，激怒卡斯特罗才是真，否则就不会重复播放老布什的那句"最适合领导古巴这个国家的人是那些开出租的和给人理发的"。

卡斯特罗控诉这个行为是对古巴主权的侵犯，并下令兴建138座旗杆来遮挡电子屏的显示内容。旗杆的数量是纪念死于美国恐怖活动的古巴遇难者人数，其中73人死于1976年的古巴航空空难——几个疑似有中情局背景的恐怖分子在飞机上安装了定时炸弹，客机在从巴巴多斯飞往牙买加途中爆炸。

旗杆方阵最初挂的是清一色的黑旗，不过在我或短或长的停留期间，从未有机会见过这个景象。挂满古巴国旗的情况倒是遇过几次，大多是在一些革命纪念日的前后。回忆那些时刻，听觉的震撼似乎要远远大过视觉，上百面旗帜同时在风中发出"噼啪"的声响，仿佛置身于一场集体酷刑的现场，有无数根鞭子在猛烈抽打着。

我总是想象从利益代表处的玻璃窗向外远眺的视野，旗杆方阵不但遮挡了哈瓦那的容颜，也让身处楼内的人有一种窒息感。新来的美国外交官只能从资料照片和老同事的描述中自行拼凑当年的好光景，同时还得忍受建筑本身的衰败。由于常年受到高温、海风、强光的侵扰，楼房的电力和供水系统经常出现故障。根据美国国务院的文件，局部维修已经解决不了问题，它需要来一次彻底的系统重装。

等到摄像收工时，我已经晒得晕头转向，似乎每一个毛孔都被热气堵塞住。其实也才在石阶上坐了一会儿，却感觉耳边的疾风已经吹了许多个日夜。

"这漫长的一天只过去一半。接下来去哪里？"他问。

"撤了吧。下半场只不过是上半场的重复。"我说。

20 号一大早，我们又回到了这里。

一夜之间，这栋楼恢复了原先的身份，再次成为美国驻古巴大使馆。

大楼前零零散散地聚着一小群人，但大多是扛着三脚架、举着枪式话筒的媒体，只有很少几个人是哈瓦那市民的模样。有一个中年男子展开一张白布，上面用蓝色的颜料涂写着"欢迎美国"，记者们立刻像围剿猎物般冲过去。其他人只是悠闲地坐在石阶上，安静得让人生疑。

没过多久，有一个人从使馆正门走出来，手里举着一张声明，大概是说从此刻开始正式复馆。他只停留了不到一分钟就收起那张纸，转身回到大门里。

太阳正在东升，旗杆方阵的细长黑影铺满路面，仿佛精心画上去的纹路。在场的人徘徊了一会儿，也陆续散了。

我到签证处入口对街的那家小店里打招呼，只见两个穿戴整齐的古巴女子坐在床沿上收看古巴驻美国大使馆的直播新闻。黑白屏幕上布满雪花，只能隐约看见三个古巴士兵跨步而出，缓缓地做着升旗的动作。如果不提前告知，还以为是一部封存已久的资料片。

"世界就是这样告终的，不是砰的一声，而是一声抽泣。"

美古复交第一天

第七章

和美国总统同游哈瓦那

在奥巴马造访哈瓦那之前，上一位在任的美国总统亲临古巴还是在 1928 年。套用一个颇为流行的说法：那一年青霉素刚刚被发明，米老鼠的卡通形象首次亮相，而后来风靡美国的《杀死一只知更鸟》的作者哈珀·李还不到两岁。

1928 年 1 月 13 日，卡尔文·柯立芝坐了 32 个小时还没装上冷气的总统专列，一路"哐当哐当"地晃到了美利坚最南端的基韦斯特，然后又在得克萨斯号战舰上睡了一夜，才终于抵达目的地。虽然当时正值北半球的冬季，但这位对外交事务并不感冒的美国第三十任总统还是被佛罗里达州全年无休的烈日弄得心烦意乱。

柯立芝全程六天的古巴之行是为了参加在哈瓦那举行的第六届泛美会议，并且他还要登台作开幕致辞。"开会"自然是一个亘古不变的托词，如果不是形势所迫，绰号为"沉默卡尔"的柯立芝肯定不愿意这么抛头露面。

当时，美国通过美西战争强加给古巴的《普拉特修正案》已经施行了将近三十年，美军也依然驻守在尼加拉瓜和海地。

拉美后院的各位大佬早已怨声载道，三年一届的泛美会议自然成了他们围攻美国、要求改变的最好时机。

迫于无奈，柯立芝只好带着一篇充斥着歌颂辞藻的讲稿和颇有异性缘的第一夫人开启了入主白宫以来的首趟外事访问。事实上，古巴也是柯立芝在任期间唯一出访的国家。

令代表团有些意外的是，柯立芝受到了极其热烈的欢迎，海滨大道上已经站满了翘首以待的哈瓦那市民。时任古巴总统格拉尔多·马查多和他犹如香奈儿模特的夫人亲自到港口迎接。人们欢呼雀跃，甚至挤向柯立芝的专车，向他献飞吻投掷鲜花。

在现场气氛的感染下，柯立芝显露出超乎寻常的热情，他微笑着向人群点头致意，甚至还摘下了丝质的礼帽。如果威廉·艾伦·怀特也在现场的话，他一定会对柯立芝的表现惊讶不已。这位两次获得普利策奖的美国知名作家曾经将柯立芝形容为"用醋喂大的"，因为他"说话的时候用鼻子发牢骚，不拍任何人的肩膀，也不和任何人握手"。

那时候古巴国家宾馆还没建好，所以政要级别贵宾的住宿都被安排在总统宫，即现在的革命博物馆。傍晚 5 点半，柯立芝夫妇顺利下榻住处，代表团的成员被告知当天不会再有其他集体活动后，都兴高采烈地投入到哈瓦那歌舞升平的夜色中，导致在隔天的开幕式上，很多人都隐隐约约地处于宿醉的状态。

16 日上午 10 点半，泛美会议正式在国家剧院开幕。在开幕致辞中，柯立芝一遍又一遍地强调古巴是一个主权独立的国家，称赞古巴人是"自由的、繁荣的、和平的"，同时也没有忘记会议的大背景——"和平和友好的氛围将造福所有美洲国家。"甚至还引用了他最喜欢的美国作家爱德华·埃弗雷特的一首诗。除了不小心提到"哥伦布"这个拉美人并不待见的敏感词外，一切都顺利得有些无聊。

开幕式结束后，代表团一行驱车前往马查多奢华的私人农庄。宴会大厅有着西班牙式的精美雕饰，而硕大的窗户则是为热带气候而建。随柯立芝从华府而来的媒体团被安排至房间的一个角落，这群可怜的记者自信地以为能从漫长的旅途中拿到总统的独家报道，但一登上火车就被告知不会有任何的记者会。或许实在是太过沉闷了，车厢里的临时电影院甚至放映了默片版本的《汤姆叔叔的小屋》。

由此可以想象，当记者们跟随总统来到农庄的派对上时，根本无心欣赏窗外曼妙的异域风景，因为在他们眼前的都是参加泛美会议的贵宾，这是他们整趟旅途中唯一能够收集报道素材的时机。

大厅另一端传来侍者调制朗姆鸡尾酒时发出的清脆的摇匀声，犹如记者们此刻激动的心情。因为当时的美国正处于禁酒法令的第九年，白宫团队曾表示柯立芝不会拒绝在私下饮用药用酒精饮品，但还从来没有人亲眼见过。

当托着一杯杯代基里鸡尾酒的侍者向柯立芝走来时，大家的心都跳到了嗓子眼上："美国最高级别的领导人是否会在公开场合接受一杯酒呢？"

记者们甚至将一杯酒的重要性上升到政治层面："如果柯立芝喝了这杯酒，说明他说到做到，那么他那句'我不会参加1928年的总统竞选'看来也一定是说真的。"

兼具历史性和戏剧性的一刻出现了，当侍者从柯立芝左边走来时，他立刻优雅地转向右边，佯装自己在欣赏墙上的一幅西班牙古典画师所作的肖像画。当放满水晶酒杯的托盘离得更近时，柯立芝又继续向右转了90度，手指向窗外，对身旁的马查多总统称赞起农庄的热带草木。

这么360度下来，侍者和酒杯自然都安全地从他身边经过，柯立芝完全可以称自己对献酒的场景一无所知。角落里的记者们笃定地认为柯立芝说一套做一套，肯定不会缺席当年的总统大选。

要是各大报社的主编知道自己费尽千辛万苦争取来的随团名额竟然被手下的记者们用来做投硬币般的猜测，一定会将他们永久性雪藏。然而，柯立芝如自己所说，的确没有参加总统大选。很多历史学家认为，柯立芝一直到最后都想要继续参选，只不过在共和党代表大会上不敌在中国唐山当过"煤矿工"的赫伯特·胡佛。

后人对柯立芝在泛美会议上的露面也有着极具两极的评价。有的历史学家认为柯立芝的一举一动为后来富兰克林·罗斯福的"睦邻政策"铺平了道路，毕竟《普拉特修正案》在1934年被正式废除。然而也有不少人对会议所谓的成果不以为然，将它看作一个"被谎言包裹的谎言"。根据史实，美国并没有真正停止对拉美国家内政的干涉，1933 年当"热情好客"的马查多总统被推翻时，罗斯福就对古巴派遣了 30 艘兵舰。

如此看来，代基里鸡尾酒的插曲仿佛是柯立芝古巴之行唯一的高潮，他把剩下的议题扔给继续留在哈瓦那开会的白宫代表，自己则在第二天早上 7 点搭速度更快的"曼菲斯号"战舰回到佛罗里达海峡的另一端。

不知道是谁下的指示，所有随团人员在入关时可以享受外交免检待遇，于是记者们连夜扫货，在皮箱里塞满了能够抢到的所有朗姆酒。根据许多人的回忆，总统古巴之行的独家报道还没写出来，"柯立芝牌"朗姆酒就已经在私人派对上被喝得一滴不剩。

🌀 🌀 🌀

灰蓝色的天空中浮现出一架飞机的剪影。起先只是从厚实乌云中穿出的一个黑点，但越变越大，如同洇开的墨滴。人们屏住呼吸，用一种察看孕期超声照片的神情注视着它。

突然间，又有一架飞机出现。现场立即被一种沉默的尴尬笼罩着。

"到底哪一架坐着奥巴马？"身边有人问。

后者渐渐显露出蓝白相间的机身，那是全球最有名的波音747飞机特有的配色。记者们终于松一口气，没有什么比对消息的失控更让他们惶恐了。

当"空军一号"的轮廓清晰可见时，天色已经更阴沉了。两盏机翼灯明闪闪的，仿佛是俯冲而下的鹰的眼睛。

最终，它平稳地降落，在跑道上缓慢滑行。停机坪上整齐地排列着古巴航空的大型货机，如同骄傲的雀鸟，很难不让人怀疑这是古巴政府精心安排的。

有一次我从哈瓦那搭乘古航的客机到东部的圣地亚哥市，机身是全白的，但可以看见原有标识被撕掉的痕迹，可能是向其他航空公司租赁来的。这让我想起马戏团里风光不再的动物，只是机械式地完成任务。这些锃亮的货机并不能代表古航的平均水平。

虽然登机梯和接机的官员、媒体已经准备就绪，但"空中白宫"还是在面积并不大的何塞·马蒂国际机场滑行了一圈又一圈，仿佛偏要让观众跟随直播镜头把简陋的首都机场看全了。

等到奥巴马和第一夫人米歇尔终于踏出机舱门时，已经开始下大雨。一时间，摄像机的镜头被一把把黑色雨伞遮挡住，枉费了记者们起早贪黑抢到的机位。

很多年后我在一本旧采访本上找到当日的手写记录。让我颇感意外的是，在一串毫不连贯的笔记中出现了"葬礼""中东基地""一脑红光"这样的词语。记笔记是最被电视记者忽视的采访技能，我们自以为过目不忘，又暗自觉得有动态影像作为记忆的辅助。更最致命的原因要归咎于电视报道的铁律：没有影像即不存在。

然而熟悉又陌生的笔迹让我从脑海深处抽出那个大雨的下午最原始的记忆。在场的大多数人身穿黑色的西服，再加上成群的黑伞和规模难辨的阵雨，有一种葬礼般的压抑感。我又想起美方工作人员脸上过于小心翼翼的神情，仿佛身处某个战乱不断的中东国家。"一脑红光"说的是接机的古巴外长罗德里格斯，他第一个和奥巴马握手，激动的心情溢于言表。

电视直播继续接力奥巴马的行程，一组高位镜头显示他所在的车队在大雨中沿着海滨大道向老城区开去。这估计和奥巴马想象中的抵达场面极其迥异，即使是普通游客也不愿意在阴雨绵绵中光顾一个盛产阳光的加勒比岛屿。然而顺利愉悦的经历总是最先被忘记的，这个湿漉漉的下午反而会让他终生难忘。

说来也奇怪，当天上午还是晴空万里，虽然空气有些潮湿，但对于一个海滨城市来说不足挂齿。好在见过大风大雨的古巴人并不迷信，只当突如其来的阵雨是一个恶作剧般的欢乐环节。倒是 CNN 的特派记者对着直播镜头重复着同一句话："不要去和 88 年前的柯立芝之行做比较，大家现在看见的是第一次发生。"

不明背景的观众还以为他指的是天气。

只有很少一部分媒体被允许前往何塞·马蒂机场报道奥巴马专机抵达

🌀 🌀 🌀

　　哈瓦那犹如一个到了暑假最后一天还在赶作业的学生。离奥巴马抵达只剩几个小时，整座城市还像一个施工现场。工人们一会儿把马路上的坑洼填平，一会儿又把看似完好的路面凿开。23 街附近的一些路段涂上了一层厚厚的沥青，像是一张柔软的地毯。

　　这显然不是为行人准备的，好几次我都差点被忽高忽低的路面绊倒。如果被哈瓦那最初的城市规划师看见了，估计更会火冒三丈。原本拥有同一种色调和命数的道路突然间有了阶层之分，唯一决定它们命运的只是奥巴马车队的行驶路线。

　　坐落在 23 街和 O 街岔口的一栋六层民居是维拉多区我最熟悉的一栋建筑，只因为它正好朝着古巴外交部国际媒体中心的正门。我花费在等证件的时间有多长，我观察它的时间就有多长。这一回，它的外墙已经被新刷了一层白色的油漆，二楼的窗沿上还摆上了鲜艳的花朵盆栽。

　　奥巴马将在拉丁美洲棒球场观看一场棒球赛。前去踩点的同事回来和我说，棒球场周围的建筑也被重新粉刷了一遍，不过仅局限于电视直播能拍摄到的角度和楼层。

　　被选中刷墙并不一定是一件好事，这是我每一次重回古巴都深有感触的一个结论。普通房子也就算了，如果是老城区的旧宅，很有可能变成一场灾难。

最让我有切肤之痛的是位于老城区的老城广场。2013 年我初抵哈瓦那的时候就对这个广场有一种莫名的情愫，即使绝大多数外国游客对更加恢宏的武器广场情有独钟。老城广场的西南角有一家酒吧，它的特色是三款风味不同、颜色由浅至深逐一递进的冰啤。在所有不下雨的日子里，露天座椅就径直摆放在石子路上。

从广场的名字就可以窥见，敢在哈瓦那"倚老卖老"必须有一定的资本。老城广场建于 1559 年，比许多美洲的大城市都来得古老。和新大陆上所有紧邻港口的广场一样，它也一度是奴隶贸易的场所。当时哈瓦那周边至少有 16 个甘蔗园，来自非洲的黑奴是最主要的劳动力。根据文献记载，哈瓦那的富人们会站在四周的阳台上挑选聚集在"新广场"上的黑奴。

老城广场积累了 16 世纪以来各种殖民风格的建筑，为数极少的改造发生在 1930 年，当时马查多总统为了修建一个地下停车场，拆掉了广场中央一座用卡拉拉大理石雕刻的海豚喷泉。20 世纪 80 年代初，联合国教科文组织将整个老城区列入世界遗产，拨出了一些维护的经费，但重建的进度是极其缓慢的。

我总会在完成一天的工作后去那里喝一杯。黄昏时分，夕阳像一块块金纱盖在四周建筑的顶端，特别是东南角一座塔楼，虽然已经是断壁残垣，但在光线的反射下闪烁着一种无论多么高超的人工都打造不出的色泽。每当这个时候，我总会想起年少时在马德里求学的夏天，那些在夜幕降临后步行横穿马约尔广场的时光。这是建筑蜕变和人心成长之间互相映射、产生共振的最好例证。

　　然而自从 2014 年底美古破冰开始，老城广场的变化都是肉眼可见的。当我每隔几个月来到这里时，总会发现有几栋楼格外醒目，它们的外墙被粗暴地刷上了艳俗的明黄和嫩粉。坐在露天吧台同一个座位看过去时，我不但没有修复痊愈之感，反而像看到一道刚被捅开的伤口。粉刷过的阳台摇身变成新的餐厅，在凉爽的夜晚，广场上空回荡着推杯换盏的清脆声响和各种语言的嬉笑。

　　古巴人没有意识到，这个世界并不需要多一座圣胡安或者巴拿马城。在这些曾经是殖民重镇的老城区，为游客修缮一新的花花绿绿的殖民街道和喷泉广场如同一块口香糖，最初的那几下咀嚼香味四溢，但很快就变成味如嚼蜡的一嘴黏渣。

　　每当有朋友问我什么时候去古巴旅行最合适，我总是真假参半地回答："除非回到 2014 年之前，不然已经晚了。"

　　还有一种景观也在消失，只不过连土生土长的哈瓦那人都未曾留意。

　　外国游客在古巴总有时光冻结之感，这既是拜川流不息的老爷车所赐，也源于一种残留的冷战氛围。我始终记得第一次

239

来古巴时，常会在车窗外瞥见反美帝国主义题材的宣传牌和涂鸦，有的摆在人来人往的街道边，有的绘满民居的墙壁。从哈瓦那通往外省的公路上最为常见，硕大的宣传牌竖立在蔗田里，远远地就可以认出。

我看见的反美宣传画大多是在小布什政府时期制作的，那是古巴进入 20 世纪后的一个反美高潮。虽然离苏联解体相隔了近二十载，但画风倒是颇为相似。不管是在什么场景中，美国总是以山姆大叔的形象出现，他身穿蓝色的燕尾礼服，头戴星条旗纹样的高礼帽，下半身的长裤也是同样的图案。然而和美国插画家詹姆斯·蒙哥马利·弗拉格笔下的原版形象不同，古巴的山姆大叔要不是气喘吁吁，要不就是两腿发抖。

美国大使馆面朝海滨大道的这一侧就长期竖立过一张反美宣传画：画幅的左侧是一个弯着腰、大汗淋漓的山姆大叔，脚下是一片荒漠般的黄色土地；右侧是一个手握步枪的年轻人，他的身后有绿色的棕榈，一片海洋将他们隔开。画中小伙的嘴张得比半张脸还大，以此示意他正在大声喊话。

"帝国主义先生们，我们绝不会有半点惧怕。"

另一幅我比较熟悉的反美涂鸦是一面用各种物件拼凑而成的星条旗。原本象征勇气的红色条纹是一颗颗即将被点燃的炸弹导火索，山姆大叔狂笑着，露出一嘴炸弹，他的鼻子是一架大型战斗机，隐喻其撒谎又好斗的性格。涂鸦下方用西班牙语写着"头号恐怖分子"，显然是美国入侵伊拉克时期创作的。

这些反美宣传画总夹杂着一种逗趣戏谑的口吻，仿佛震慑并不是最主要的目的，蔑视敌人就已经胜券在握。

我本该在每次见到它们时用摄像机记录下来，但总被惰性和滚烫的路面阻拦住。坦白说，我一直筹划着将这些时代的符号放进一个更适合的选题中，而不是当成单张的扑克牌随意用掉。然而当我认为终于可以借助奥巴马访古的时机推出时，却发现哈瓦那大多数的反美宣传画都消失了。

当地摄像先是开车带我去美国大使馆转了一圈，但没有看见那张宣传画。这并不意外。在我的印象中它一年多前就被撤下了，来这里只是再次确认罢了。我们又直奔一个居民区，那里原有整整一墙讽刺山姆大叔的涂鸦，然而出现在我们眼前的只是一面刷得雪白的墙壁。

相同的情况一次又一次地出现。在市中心的圆环边上，巨大的宣传牌依然立着，却不是原来的内容。有一幅是手牵手跳芭蕾舞的儿童，旁边印着"革命是不可战胜的"；另一幅则是反对暴力侵害女性的公益广告。

也许古巴只能有一个山姆大叔。当货真价实的那个来了，海报上的就消失了。

一整个上午，我们只寻找到一张和反美主题较为贴近的宣传画。黑色底板上是白色的字样："禁运是人类历史上持续时间最长的屠杀。"设计者把字母 O 用一个绞刑结来取代，绳索中间是古巴岛屿的轮廓。

古巴街头的反美宣传画（图片来源于网络）

有一张新的巨幅宣传画是我在那一天见得最频繁的，在革命广场和 23 街最显眼的位置都有它。上面印有切·格瓦拉、卡米洛·西恩富戈斯的头像，民众托起一面古巴国旗，头戴安全帽的工人们在工地建设。我很自然地从右向左看，排版的逻辑明显是时间上的推进，从古巴革命的过去到现在。

我在 23 街的宣传画前遇到了一群中年女子，虽然穿着简朴，但明显是精心打扮过。一问才知道她们刚参加了一档电视晚会的录制，还沉浸在灯光和舞台的兴奋之中。

"你知道为什么反美宣传画越来越少了吗？"说话的是一个高个子的黑人妇女，50 岁上下。她留着清爽的短发，耳坠是粉红色的，搭配一件白色棉布上衣。"因为美国和古巴要试着正常交往了，所以我们的宣传画也需要贴近和反映日常的生活。"

她说完很是得意，似乎对自己在镜头前的随机表现十分满意。我也略微被她的回答惊讶到。

几米远的地方，修路工人正在凿洞埋线，整个路面都震动起来。我们头顶的宣传画的确像是一面镜子。

很多同行说在老城区的不同位置都看见了迎接奥巴马的海报。我看他们用手机拍的照片，发现其实是同一幅，只不过拍照的角度和天色的明暗不同罢了。海报上，劳尔和奥巴马紧挨着，几乎脸颊贴脸颊，亲密得让人生疑。右上角有一个浅浅的、像是邮戳一样的圆形标记。我把照片放大，上面赫然印着"古巴货币"，是哈瓦那一家颇有名气的私营餐厅。

我后来读到对餐馆老板米盖尔·莫拉莱斯的采访。"越多人采访我越好，这样就没有人敢做些什么。"米盖尔半开玩笑地说。海报在餐厅门口，餐厅在大教堂的拐角，大教堂是奥巴马行程中的一站。生意人的心思可见一斑，如果画中人能够驻足留影，那必定是最好的广告。

"古巴革命胜利后还没有一张美国总统的海报像这样出现在公共场合。"

他说得并没错，但也不全对。印有小布什头像的巨幅海报就曾经被抬到海滨大道上，只不过是相反的用途。

直播连线报道奥巴马访问古巴

欧广联在哈瓦那的连线点

🌀 🌀 🌀

　　黄昏时分，工人们还在微微散发着热气的崭新沥青路面上画出白色的交通标线。我赶到自由哈瓦那酒店给东半球的晨间新闻做视频连线。欧广联在酒店的高层长期租赁了一个办公室，其实就是一个高级套间，原来摆放着沙发茶几的客厅塞满了工作台和直播的设备，连接着阳台的卧室被改造成演播室，粗细各异的线缆在米色的地毯上匍匐爬行。只有宽敞的浴室能够透露这个空间的真实身份，它没有被改动过，一迈进去就又回到了酒店的气氛中。

　　古巴海关对于无线传输设备极其敏感，即使是最普通的无线麦克风也可能被暂时没收，以至于每次入境前，我都可能为填写一份登记表而苦苦等待好几个小时，眼睁睁地看着一批又一批的旅客塞满行李提取区后又散开。如果是用来直播连线的卫星设备，没有提前做好烦琐的书面申请就更不可能过关。因此每次有连线需求时，我们都只能使用欧广联的服务。

　　我第一次来这里做直播报道时，常驻哈瓦那的同事就提醒我容易走错房间："你以为的那一间其实不是。"也许是心理预设作祟，果然我走出电梯后没多久就迷路了，如同掉进了一个被他人控制的程序中。房号并不匹配，我试着敲了好几扇门，但门的另一端总是安静得如同海底的洞穴。我渐渐怀疑自己来错了楼层，于是推开标记着"安全出口"的门，试图从楼梯间徒步下一层楼。这个举动最终导致我彻底迷失在这座垂直的迷宫中。

　　自由哈瓦那酒店的前身是希尔顿酒店，相传是这个连锁品牌当时在美国本土以外规模最大的分身。虽然屈居古巴最高建筑名单的第二名，但和名列榜首的福斯卡大厦只有不到 3 米的差距，而且本身又建在城内的一座小山坡上。即使放在现在看，外观略显陈旧的淡绿色建筑依然有一种镇城的气魄，如同加勒比海掀起的一道 25 层高的巨浪，由此可以想象它在落成的 1958 年造成的轰动。

　　热爱建筑的美国历史学家彼得·莫鲁齐在他的图文集《卡斯特罗前的哈瓦那：当古巴是一座热带乐园》里说，巴蒂斯塔将这个酒店视为自己最骄傲的成就之一，因为它像一块巨大的吸金石，不但能引来大手大脚的美国游客，更会让对岸的资本家们从众跟风，毕竟谁敢质疑希尔顿家族的投资眼光。

　　然而哈瓦那希尔顿酒店如同福过灾生的泰坦尼克号，处女航就撞上了革命的冰山。在它迎来的第一个新年夜，得知圣地亚哥已经失守的巴蒂斯塔正焦头烂额地准备逃离古巴的行装，酒店里觥筹交错的跨年派对倒像是沉船前的乐队演奏。

　　胜利进入哈瓦那的卡斯特罗把希尔顿酒店作为新政权的总部。在之后的三个月里，他在大舞厅召开了首场新闻发布会，在 2324 号套房开会和接受记者采访。如果工作到夜里，他就下一层楼到 2224 号套房过夜，这个房间也由此和这位传奇住客同名。

刚落成时的哈瓦那希尔顿酒店

卡斯特罗在哈瓦那希尔顿酒店大堂

很长一段时间里，我总是把酒店的名字和一款古巴鸡尾酒混淆在一起。1960年，卡斯特罗把"哈瓦那希尔顿酒店"改名为"自由哈瓦那"。自由即解放之意。与之非常相近的"自由古巴"是用淡朗姆酒、可乐和大量冰块调制而成的经典。关于它的起源众说纷纭，但最广为流传的版本是美西战争期间美国大兵偶然搭配所获，随口起名的"自由古巴"出自战时的一句口号。

酒评家历来对"自由古巴"评价一般，因为原料和做法都过于平庸。在所有的差评中，没有哪一句比美国旅游作家韦恩·柯蒂斯的"令人灵感枯竭的饮料"更加恶毒了。大概也只有不在乎口味的历史学家能做出最为慷慨的评价，著有《朗姆：征服世界的饮品故事》的查尔斯·A.库隆比把"自由古巴"看作世界秩序变化的象征：朗姆酒和可乐的搭配如同旧殖民帝国润滑剂和现代美国全球化资本主义的结合。

当我们用微醺的目光回看酒店的更名，似乎也是一次地区秩序变化的象征。这座美国人新盖的酒店甚至成为苏联使节的临时官邸。在哈瓦那第五大道最西端盖起轮廓犹如机场塔台的建构主义风格大使馆之前，苏联一度包下了酒店的两层客房作为使馆最初的办公室。

无论是卡斯特罗，还是当年的苏联人，他们在海景阳台上凭栏俯瞰的景致和我此刻所见应该是一样的吧。连线开始前半小时，欧广联的工作人员开始给我试光。调试间歇，我转过头向外看，仿佛被眼前的光景击中一般。海面蓝得发亮，它与海堤的交界线仿佛被一把锋利的刻刀仔细雕刻过，每一道皱褶都清晰得如同用放大镜照过似的。真正发挥魔力的其实是西边射来的霞光，它把矗立在海滨大道边的每一栋建筑都照亮了，又把每一个背光的位置都仔细藏好。这种近似造物者的视角很容易让人忽略掉这片土地上的政权更迭的过往和交纵的悲欢，它化成了只有在地图中才具有意义的线条，我甚至能看见第一批欧洲航海家的船只正在向岸边驶来。

"室外光太强了，所以我需要给你打上两盏面灯。"工作人员说。

我敷衍地点点头，心想这个时刻的光线已经是膨胀的巅峰，再往下只会分秒削减。

很快，仿佛自动加上了一层滤光镜，视野变得愈加柔和，城市上空飘散着轻薄的金光，远处的莫罗城堡仿佛海岸线上一颗白色的图钉。光影随时都在变化。

我有些遗憾未曾在这里多留宿几夜，在哈瓦那的酒店价格飙升之前，我总是更倾心于洋溢着 20 世纪上半叶气息的国宾馆，厚实的地毯和古旧的电梯厢仿佛能吸掉车马喧嚣。与之相比，"自由哈瓦那"更像一个嘈杂的公共车站，它像古巴革命一样提供了一个相遇的场所，我唯一一次借宿其中也是为了短暂过境。可是时过境迁，如今我连用大宅改造的民宿都住不上，只能在利内亚大街一个在平房基础上扩建的小楼里过夜。

为了不让阳台的铁栏杆从镜头里露出，工作人员总让连线的记者站在一个横放的铁箱上。我始终弄不清他们是依据什么来决定铁箱的位置，有时候在夜里连线，他们会把摄像机搬到阳台上，铁箱则摆在阳台的尽头。我站上去，背景是全黑的，而栏杆只到腰部，不息的海风总有犯罪未遂的嫌疑。

然而在这个晨昏之交，海滨大道的路灯早早就亮起来了，似乎比平日里更加耀眼。连线开始前的几分钟里，天色以一种无法阻挡的态势暗了下来。透过挂在天花板的实时屏幕，我发觉身后的哈瓦那已经笼罩在蓝紫色的倦意中。平静的海面像是一把刺向城市的弯刀，闪烁着粼粼的寒光。

奥巴马比原定计划早到半天，疑心过重的记者们都以为他有重要安排，例如去"零点"拜会卡斯特罗。然而奥巴马只是在大雨中逛了逛湿漉漉的老城区，惹得随行的小女儿一脸不耐烦，她穿着一双白色球鞋。

21号的第一场活动是去革命广场向何塞·马蒂雕像献花，狡黠的直播镜头总是接连拿广场上切·格瓦拉和西恩富戈斯的头像作为背景，无论奥巴马挪步到哪儿，都仿佛被一双眼睛紧紧盯着。

在所有和古方官员共同出席的活动中，可能只有这一项不会遭反古议员太多诟病。何塞·马蒂是古巴民族英雄，在反抗西班牙殖民统治的古巴独立战争中牺牲。这个身份让他成为绝无仅有的，无论何种身份、背景的古巴人都不敢亵渎的人物。

卡斯特罗严禁用健在的领导人命名街道和建造雕像，即使上相如切·格瓦拉，也更多出现在明信片和海报上。然而何塞·马蒂是个例外，以马蒂命名的街道和广场遍及古巴。

和所有颇具文采的民族英雄一样，何塞·马蒂也有诗人这一层身份。据说古巴的男女老少能随口背出何塞·马蒂的诗句，我抱着半信半疑的态度上街随机测验。

"我种一朵白玫瑰花，七月好一月也不差，为了那真心的朋友。"戴着牙套的鬈发少女坐在海滨大道的石堤上。

"她头戴斗牛士的帽子，和他的绯红色斗篷，仿佛戴着帽子的垂悬的紫罗兰。"短发的中年女子是一所小学的年级辅导员，她刚敲过下课铃。

"别把我囚禁在黑暗中，那是叛徒的死法。我是正直的，如此正直，要面朝太阳死去。"在塞斯佩德斯公园的长椅上，满头白发，却又看不出年纪的古巴男子一边背诗，一边挥舞着右手。

既然在古巴人的集体记忆中出现得过于频繁，马蒂自然无法拒绝时代交付给他的新任务。例如"埃连·贡萨雷斯"事件发生后，他的怀中就被塞进了一个小男孩。在佛罗里达海峡对岸，反古组织更是早早地就以马蒂的名义开设了一家广播电视台。

马蒂电视台由美国政府出资，长期制作和播放反卡斯特罗政府的节目。这种以颠覆他国政权为最终目的宣传手段是华盛顿雾谷的陈年旧招，但地理的优势并没有给信号的传输带来便利。在互联网还不兴盛的20世纪90年代初，总部位于迈阿密的马蒂电视台主要通过卫星向古巴输送节目信号。开播后不到20分钟，古巴政府就开始了信号干扰，据说在哈瓦那周边安装的信号干扰器成本低廉，让马蒂电视台每年耗资将近三千万美元的节目化为屏幕上的雪花。

马蒂电视台最初借助一个绰号为"胖子艾伯特"的飞艇作为信号中转平台，它长期在佛罗里达州卡德乔礁3000多米的上空工作。高处不胜寒的"胖子艾伯特"倒也不孤独，因为常有坏天气做伴。

在节目开播的第二年就发生过严重故障，迫降在鳄鱼遍布的佛州大沼泽，之后也常常因为大风天气返回地面，直到2005年被飓风"丹尼斯"彻底撕成碎片。

飞艇的方法落败后，马蒂又开起了飞机。从2016年10月开始，一架机尾印着"马蒂飞机"的60年代涡轮螺旋桨飞机开始在基韦斯特的上空按"8字形"飞行，这种传递转播信号的方法非常昂贵，《华盛顿邮报》算了一笔账，发现马蒂飞机和另外一架辅助飞机的日均花费竟然超过1.2万美元。然而根据美国政府问责局的数据，马蒂电视台2008年在古巴的收视率不到1%，同样的数据出现在2006年、2003年以及节目开播的1990

年。或许感觉到有些自取其辱，问责局之后也不再调研了。

尽管如此，当美国国会因为财政上捉襟见肘而削减预算时，反古议员们也拒绝砍掉马蒂飞机的经费。最终在 2012 年给马蒂飞机下了停飞令的是奥巴马，不过他在和国会山的拉锯中也做出了让步，燃料和飞行员的工资可以停，但飞机需要继续租。

被禁足的马蒂飞机相当于一堆废铁，停放在佐治亚州卡特斯维尔的一个机场仓库里，但根据合同，联邦政府仍支付着每月 6600 美元的租金和高昂的存放费用。

"顾客就是上帝。"美国凤凰航空集团的副总裁史蒂夫·克里斯托弗对媒体说，颇有一种飞来横财的侥幸意味。

其实连派驻古巴的美国外交官也看不下去了，他们认为这个由古巴流亡分子掌握的电视台已经沦为一种单纯的反古宣传，损害了曾经有过的信誉。美国国务院检察长办公室就在一份调查报告里指责马蒂电视台的报道"缺乏平衡、公正和客观"。

劳尔在美古外交谈判期间多次强调关闭马蒂电视台是关系正常化的必要条件。这反而给黔驴技穷的马蒂电视台拥护者们提供了说辞：只要古巴政府继续反对，电视台就有继续存在的理由。

白宫名义上继续支持马蒂电视台，但却也想方设法摘掉金主的帽子，包括提议将它变为非营利机构，虽然继续接受联邦资助和监管，但不再属于政府的一部分。从表面上看电视台的运作似乎能够更加灵活，但实际上却可能让联邦政府减少对它的义务和责任，此刻正在向马蒂雕像献花的奥巴马多半内心复杂。

我没有想到的是，两个小时后我也会出现在那里。更准确地说，是马蒂雕像的脚下。奥巴马一进入革命宫，获得记者会入场资格的媒体就被塞进等候在媒体中心外的大巴。我们先是被拉到何塞·马蒂纪念碑东侧的一片草坪上，这里属于军事禁区，虽然能隐约眺望平日里游人如织的革命广场，但完全是不同的气氛。只能容纳一辆旅行大巴宽度的车道犹如雨季时湿地的河流，时而汇集，时而分开。被切割得十分零碎的步道上种着一排排棕榈树，但并没有殖民时期王室庭院里的帝王棕榈那般拥有笔直的树干，歪歪斜斜的，显得有些营养不良。

接着我们又被带领着步行前往纪念碑，在通向五角星形高塔的台阶边的树丛里放着一座马蒂的半身铜像，但似乎是从别的地方搬过来的，暂时搁置在这里罢了。旁边还有一座蓝色的公共电话亭，对于一个并不完全对外人开放的场所来说显得十分迷惑，如同在一间存满了经典著作的藏书室里突然瞄见一本流行杂志。

台阶的尽头就是马蒂的全身像，他屈腿坐着，手臂放在膝盖上。每一次从革命广场向上仰望，我总辨别不出马蒂的视线。现在我终于明白了，不管从哪一个角度，他都略带愠怒地瞪着在他脚边徘徊的人。

人们总是想当然地把何塞·马蒂纪念碑看作革命的产物，

也许是因为来自青年岛的大理石材质显露不出年代感，高塔的层层叠叠又沾染了些许 20 世纪 80 年代解构主义建筑的味道。纪念碑其实是巴蒂斯塔指挥建造的，历任古巴政府都希望在这块城市的高地打造一个共和国的广场，当时刚通过军事政变上台的巴蒂斯塔更是希望借助一座民族英雄的丰碑和普通古巴人找到共同话题。为了得到一个最合适的方案，一场设计大赛已经办了好几年，一会儿想把马蒂架在高塔的最顶端，一会儿又要他像林肯一样舒舒服服地坐在扶手高椅上。

最终方案是在 1943 年举办的第四轮竞争中得出的，和选美比赛的冠军往往没有变成电影明星的结果相似，比赛的第三名反而获得巴蒂斯塔的青睐。当时纪念碑的所在区域是一个叫作"加泰罗尼亚山"的平民区，出于施工的需求，政府把整块地推平，还强拆了标志性的修道院。由于居民安置出现纠纷，再加上纪念碑本身的建造难度，一直拖到古巴革命胜利前夕的 1958 年才最终竣工。

纪念碑的一层有一个马蒂纪念馆，我原以为会安排参观，但只见玻璃门紧闭。哈瓦那一共有两个马蒂纪念馆，另一个在老城区哈瓦那城墙旧址的边上，一栋黄墙蓝门的二层小楼，马蒂在那里出生。

在平台上等了半小时后，另一辆载着记者的大巴出现了，他们是跟随奥巴马从华盛顿出发的白宫记者团成员。虽然俗称"池中记者"，可极少有人是池中之物，后来记者会上的风波证明了这一点。

等所有人集合完毕后，我们终于被带向纪念碑南边的革命宫。这座外形犹如一把梳子的长方形宫殿是古巴元首的办公地点，分别向东西延伸的翼楼隐藏在厚实的棕榈树丛中。

革命宫的上空乌云密布，为总统们准备的红毯犹如一条猩红色的巨舌。记者会结束后我特意上去踩了一脚，地毯是干的，雨始终没有再下。

一个月后，我又回到了哈瓦那。

这一次有些特殊，爸妈第一次来巴西探亲，但我临时接到古巴共产党第七次全国代表大会的报道任务，需要在他们抵达的第二天出发。我无法想象他们如何在完全陌生、语言不通的异国城市独自生活一周，再三考虑后，也给他们订了去古巴的机票。就这样阴错阳差，我们一家三口人坐上了飞往哈瓦那的飞机。

抵达哈瓦那已经将近午夜，民宿的房东老太太来应门。昏暗中我发现她化着妆，想着她也许刚从聚会上回来。"这是为了迎接你们。"她笑起来眼睛眯成一条线。我看过她的黑白全家照，她的父亲是广东侨民，母亲是古巴人。

我给她的丈夫捎了一大袋中国泡面，他们和我说过很多次，奥巴马来的时候又提醒了。

早上醒来时，爸妈不在民宿。我问了正在准备早点的厨娘，说是都出去了。我后来才知道，由于时差的缘故，天微微亮的时候他们就醒来，两人竟然都毫不生分地想先出门看看这座城市天亮时的模样，可谁也没带民宿的地址。妈妈从海滨大道往回走的时候记错了岔口，虽然寻到了同一个门牌号，但开门的人一头雾水。

"他们都想帮我，但我只会说'玛丽亚''玛利亚'。"玛利亚是房东的名字。

白天的时候我需要外出采访，于是给他们报了几个一日或两日往返的旅行团，甚至去了好几个我都从未踏足的城市。

虽然我一再提醒，爸爸还是从田间的烟农那里买了几根不带商标的雪茄烟。

每天晚上回到民宿，他们就开始分享在古巴各地的有趣见闻。和所有来自社会主义国家的外国游客一样，最让他们留意的是那些带有时代色彩的生活场景，这或许让他们顺带联想起青春的岁月。

这也是我最后一次来到卡斯特罗依然健在的古巴。我向古巴外交部新闻司申请进入古共七大的会场，但这个场合从未允许外国媒体入内，自然无疾而终。

让很多人没想到的是，年迈的卡斯特罗竟然出现在闭幕式上，他像往常一样穿着蓝色运动服。

"我马上就要90岁了，所有人都将经历的那个时刻也将到来。"

他口齿含混得如同一个牙牙学语的幼童。

"这也许是我最后一次在这里发言。我想向拉美和全世界的兄弟国家们传达一个信念，那就是古巴人民一定会取得胜利。"

这是卡斯特罗的告别演讲，我因此错过了唯一能亲眼看见卡斯特罗的机会。我虽然时常笑称自己是四分之一个驻古巴记者，但对这件事从未有过执念。

那几天的哈瓦那非常热闹。周末的时候，我们三人沿着海滨大道一路步行到马赛奥公园，远远地看见前面的路封了，到处都是围观的人群。我这才想起《速度与激情》来哈瓦那取景，他们正在拍摄街头飙车的戏份。我对动作片兴趣一般，倒是好奇停在街边的一辆辆印有好莱坞影厂标志的剧组卡车是怎么弄来哈瓦那的。

和停靠在哈瓦那大剧院外的老爷车合影是外国游客的标准行程，我自然也带爸妈去了。一个月前奥巴马在剧院里做的演讲并没有掀起波澜，还不如他在总统记者会结束时被劳尔一手抓起胳膊的尴尬场面吸引眼球。掌声最热烈的段落发生在奥巴马说自己已经呼吁国会解除对古巴的禁运，但这种回应更像是一种礼貌和秘而不宣的敷衍，连街头的古巴妇人都和我说，即使奥巴马有意愿改善美古关系，他的任期也马上就要结束了。

哈瓦那大剧院又叫作艾丽西亚·阿隆索剧院。艾丽西亚是古巴芭蕾舞大师，当时 95 岁高龄的她也受邀出席演讲。我从未亲眼见过她，但总觉得自己和她存在一丝牵强又隐秘的联系。古巴摄像埃里克的继母是艾丽西亚的女儿，他因此继承到一辆当年卡斯特罗送给艾丽西亚的老爷车。然而这么一件具有历史价值的古董却在古巴找不到买家，这让埃里克很是烦恼。

行程最后一天，新闻司突然通知探访《格拉玛报》的申请通过了。这是我将近一年前提交的申请，再有价值的选题都会被时间磨损得失去原有的形状，沦为沙滩上一颗平淡无奇的卵石。然而想到那里绝非普通访客能够踏足的地点，我还是在约定的下午 4 点赶到报社。

《格拉玛报》的大楼离革命宫只隔着一个露天的停车场，我刚随手用手机拍了几张照片，立刻有安保人员上前阻拦。编辑室里每个工位都坐着人，但他们手头的稿件大多已经结尾，人也疲惫了，没有上午分配选题时的雀跃气氛。

让我颇为意外的是，记者们都年轻极了，有几个相貌姣好得如同电影演员，仿佛写稿只是片场闲暇时的消遣罢了。

报社的"化石"都保存在其他楼层。在一间连着一间的资料室里，数以万计的历史照片被径直塞进柜子。报社没有足够的人力将照片电子化处理，只能任由它们躲藏在闷热拥挤的空间里。透过一个铁柜抽屉略微拉来的缝隙，我瞥见卡斯特罗和几个游击队员高举步枪的黑白照片。

资料室的负责人不知从哪里抓来一张白纸，照着上面的字念道：

> 菲德尔：52293 张照片
>
> 劳尔：4545 张照片
>
> 卡米洛：1575 张照片
>
> 切：2415 张照片。

这里不但保存着所有出版过的《格兰玛报》原件，连它的前身《自由新闻报》也不例外。我随意从墙上的柜子里取出一本翻开，是 1948 年 9 月 4 日的报纸，上面印着一个船运公司的广告。

> 最新的古巴货轮，每艘 6000 吨级。哈瓦那直通纽约，每十天一班。

广告自带的地图上，轮船的航线被画成一个直角，这显然不符合实际情况，只是为了凸显当年美古货运业务的快捷和便利。

采访接近尾声时，《格拉玛报》的副总编辑在一间宽敞的办公室里接待了我们。办公桌上放着付印前的版样，上面有零星几个用蓝色圆珠笔删改的痕迹。他介绍说印厂配置了新机器，还热情地邀请我们去拍摄报纸出炉的最后一道工序。然而我回里约的飞机是当天晚上的，于是决定让摄像自己去拍。

　　在这座革命的岛屿，新闻还未见报就已经旧了。太多的段落似曾相识，再激动人心的消息都很难用句号结尾。我仿佛能听见午夜时分印厂车间里传出的轰鸣声响，犹如黑暗中的一句句复读。

哈瓦那的黄昏

后来发生的事

2017 年 6 月：特朗普签署美国对古巴新政策的行政令，包括禁止美国企业与古巴军方控制的企业有生意往来，同时收紧对美国公民前往古巴旅游的限制。

2017 年 9 月：美国国务院以"声波攻击"事件为由撤离驻古巴使馆约六成的非紧要人员，并驱逐 17 名古巴驻华盛顿大使馆官员。

2018 年 4 月：美国驻古巴大使馆的美国签证申办业务正式转交美国驻圭亚那乔治敦使馆办理。

2020 年 12 月：古巴政府宣布将于 2021 年正式启动货币改革进程，包括恢复单一汇率制，废除可兑换比索（CUC）。

2021 年 1 月：美国国务院宣布将古巴重新列入"支持恐怖主义国家"名单。

2021 年 3 月：古巴政府下令在美国驻古巴大使馆前搭建一面巨大的"混凝土国旗"，以此抗议美国的对古政策。

2021 年 4 月：古巴国家主席迪亚斯 – 卡内尔在古巴共产党第八次全国代表大会上当选古共中央委员会第一书记，接替 89 岁的劳尔·卡斯特罗成为党内最高领导人。

图书在版编目（CIP）数据

飓风掠过蔗田 / 刘骁骞著. ﹣﹣北京：北京联合出
版公司, 2022.1

ISBN 978-7-5596-5770-1

Ⅰ.①飓… Ⅱ.①刘… Ⅲ.①纪实文学－中国－当代
Ⅳ.①I25

中国版本图书馆CIP数据核字(2021)第247516号

飓风掠过蔗田

著　　者：刘骁骞

出 品 人：赵红仕

选题策划：后浪出版公司

出版统筹：吴兴元

特约编辑：江舟忆　何　源

责任编辑：牛炜征

营销推广：ONEBOOK

装帧制造：墨白空间·杨和唐

北京联合出版公司出版

（北京市西城区德外大街83号楼9层　100088）

天津市豪迈印务有限公司　新华书店经销

字数160千字　889毫米×1194毫米　1/32　8.5印张

2022年1月第1版　2022年1月第1次印刷

ISBN 978-7-5596-5770-1

定价：59.80元